講談社文庫

国禁

奥右筆秘帳

上田秀人

講談社

目次

国禁

奥右筆秘帳

◆『国禁――奥右筆秘帳』の主要登場人物◆

立花併右衛門《たちばなへいえもん》　奥右筆組頭《おくゆうひつくみがしら》として幕政の闇に触れる。麻布《あざぶ》箪笥《たんす》町《まち》に屋敷がある旗本。

柊衛悟《ひいらぎえいご》　立花家の隣家の次男。併右衛門から護衛役を頼まれた若き剣術遣《つか》い。

瑞紀《みずき》　併右衛門の気丈な一人娘。

大久保典膳《おおくぼてんぜん》　涼天覚清流《りょうてんかくしんりゅう》の大久保道場の主。剣禅一如《けんぜんいちにょ》を旨《むね》とする衛悟の師匠。

上田聖《うえだちから》　大久保道場の師範代。黒田《くろだ》藩の小荷駄支配役《こにだしはいやく》。衛悟の剣友。

加藤仁左衛門《かとうにざえもん》　併右衛門と同役の奥右筆組頭。幕府の書付いっさいを扱う。

田村一郎兵衛《たむらいちろうひょうえ》　併右衛門に刺客を放つ、老中太田備中守資愛《おおたびっちゅうのかみすけよし》の留守居役《るすいやく》。

小松帯刀《こまつたてわき》　薩摩《さつま》藩島津《しまづ》家の江戸家老。薩摩の小領主である一所持《いっしょもち》の家柄。

津軽寧親《つがるやすちか》　津軽《つがる》藩主。国家老神保三郎《じんぼさぶろう》とともにロシアとの密貿易を画策する。

徳川家斉《とくがわいえなり》　十一代将軍。御三卿一橋《ごさんきょうひとつばし》家の出身。大勢の子をなす。

茂姫《しげひめ》　家斉の御台所《みだいどころ》。薩摩藩八代藩主・島津重豪《しげひで》の三女。

松平越中守定信《まつだいらえっちゅうのかみさだのぶ》　奥州白河《おうしゅうしらかわ》藩主。老中として寛政《かんせい》の改革を進めたが、現在は溜間詰《たまりのまづめ》。

一橋民部卿治済《みんぶきょうはるさだ》　権中納言《ごんのちゅうなごん》。家斉の実父。幕政に介入し、敵対した定信を失脚させた。

冥府防人《めいふさきもり》　鬼神流《きじんりゅう》を名乗る居合い抜きの達人。大太刀で衛悟の前に立ちはだかる。

絹《きぬ》　冥府防人の妹。一橋治済を〝お館《やかた》さま〟と呼び、寵愛《ちょうあい》を受ける。

村垣源内《むらがきげんない》　家斉に仕えるお庭番。根来流《ねごろりゅう》忍術の遣い手。

覚蟬《かくぜん》　上野寛永寺《かんえいじ》の俊才だったが酒と女に溺《おぼ》れ、願人坊主《がんにんぼうず》に。衛悟の知人。

第一章　一刀一筆

一

奥右筆《おくゆうひつ》部屋に送られてくる書付《かきつけ》は日に数百枚をこえる。それを二名の組頭《くみがしら》と、奥右筆十四名で処理するのである。それこそ昼食をまともに摂《と》ることさえ難しい。

「長崎《ながさき》奉行から阿蘭陀《オランダ》船入港の報《しら》せ」

「勘定《かんじょう》奉行伺方《うかがいがた》へ回されよとのご指示じゃ」

立花併右衛門《たちばなへいえもん》は、配下の奥右筆勝手掛《かってがかり》が読みあげる書付に答えた。

「京都町奉行より孝子褒賞《こうしほうしょう》の一件」

「御老中さまへご認可くださいますようにと付箋《ふせん》をつけてあげよ」

同役加藤仁左衛門《かとうにざえもん》も同様に許可を出す。

奥右筆とは、幕府にかかわるいっさいの書付の作成、保管を任とする。

政治向きを担当する勝手掛、大名の相続婚姻《こんいん》などにたずさわる隠居家督《いんきょかとく》掛など、七つの掛《かかり》にわかれ、立花併右衛門と加藤仁左衛門はその組頭であった。

奥右筆組頭は四百俵高、役料二百俵、御四季施《おしきせ》代金《だいきん》年二十四両二分が支給され、布《ほ》衣《い》格でお目見えはできるが、殿中席は勘定吟味役《ぎんみやく》の下座と、そう高い身分ではなかった。


しかし、老中の近くに控え、幕政すべての機密を知ることができ、その権力は若年寄をしのぐとまで言われていた。

てきぱきと書付を処理していた仕置掛《しおきがかり》の手が止まった。

仕置掛は評定所《ひょうじょうしょ》を管轄《かんかつ》し、寺社奉行、町奉行、勘定《かんじょう》奉行、遠国《おんごく》奉行から出された重罪の裁決判断の先例諮問《しもん》に回答するのが仕事である。

「このようなもの、よくぞ通したものじゃ」

おもわず口をついて出たつぶやきを、併右衛門が聞きとがめた。

「なにごとぞ」

「静謐《せいひつ》を騒がせました」

叱《しか》られた仕置掛が詫《わ》びた。

「詫びはよい、内容を申せ」

少しでもときが惜しいと併右衛門が急《せ》かした。

「はっ。評定所より、書付の不備ではないかと疑義がつけられておりまする。寛政《かんせい》三年（一七九一）の盗賊俗称葵小僧《あおいこぞう》について御先手弓頭《おさきてゆみがしら》長谷川平蔵《はせがわへいぞう》より出された追捕処刑の届けでございまするが、日付があいませぬ」

命じられて仕置掛が告げた。

「届け出と処刑では、斬罪が三日早うございまする」

いかな重罪人であろうとも、死刑をおこなうには老中の許可が必要であった。それをあろうことか御先手弓頭加役火付盗賊改《ひつけとうぞくあらため》役長谷川平蔵は、事後承諾で届け出ていた。

「書付を精査いたしましたが、手続きの不備ではなく、あからさまな独断。見すごすわけにはいきませぬ。今からでも目付《めつけ》衆へ、報《しら》せまするか」

先例に従うことが使命である仕置掛には、許すことのできない一件であった。

「いや、その必要はない」

併右衛門は首を振って、加藤仁左衛門を見た。

加藤仁左衛門も首肯《しゅこう》した。

「おぬしは、当時まだ奥右筆ではなかったゆえ、知らずで当然であるが、あれはときの御老中井伊《いい》兵部少輔《ひょうぶしょうゆう》さまのご内意を受けていたのじゃ」

代表して併右衛門が説明を始めた。

隠すとよけいに人は知りたがる。経験から併右衛門はこういうときどうすればいいのか理解していた。周囲の者ごと情報を共有してしまうのだ。ここにいる者だけの秘密であるとすれば、あらたな好奇心の芽生えを封じこむことができた。

「一同の者も、手を休めて聞いておくがいい」

併右衛門が筆を置くように言った。長谷川平蔵への内意は、奥右筆組頭と、ときの仕置掛のみに報され、他の者には伝わっていなかった。

「増上慢にも葵小僧と称する賊については、皆も承知しているな」

十四名の奥右筆が、いっせいに首肯した。

葵小僧とは寛政の始め、江戸を荒らしまわった盗賊であった。

配下十数名をしたがえた葵小僧は、特異な強盗であった。三《み》つ葉葵《ばあおい》の紋入り提灯《ぢょうちん》を先頭に、槍を立てた旗本行列の体《てい》で出歩くのである。葵小僧は裏金輪抜《うらかなわぬ》きの笠をかぶり、駕籠《かご》にのった状態で配下を指揮し、これと目をつけた商家や武家の屋敷へと向かう。夜中とはいえ、葵の紋付き行列を迎えた家では、門を開けて出迎えなければならない。

受けいれたとたん、旗本行列は盗賊へと豹変《ひょうへん》するのだ。

こうして、男は手当たり次第に斬り殺し、女は残らず手込めにするとの極悪非道な行為をくりかえし、数千両あるいは一万両ともいわれる金額を、葵小僧一味は強奪していた。

葵のご紋入りとなれば、町奉行所では手出しができず、鳩首《きゅうしゅ》した老中たちは、この捕縛を火付盗賊改方に命じた。ときの火付盗賊改方御先手弓頭長谷川平蔵は葵小僧が新たな獲物を狙《ねら》いに出てきたところを待ち伏せ、一網打尽にしたのであった。

「葵小僧と申す輩《やから》の余罪はあまたあれど、それをつまびらかにするわけにはいかぬ」

「なぜでございまするか。いたさねば、正しい裁きをくだすことができず、のちの悪例となりかねませぬ」

過去におこなわれた遠島以上の刑罰すべてを覚える必要のある仕置掛が、異論を発した。

たった一度とはいえ、先例には違いないのである。

「葵小僧に身を汚された女のなかには、歴々の旗本が娘もおる。それがどういうことかわかるであろう」

加藤仁左衛門が、さとすように言った。

「あっ」

　仕置掛右筆が、小さな声をあげた。

「自裁《じさい》をふやすことはあるまい」

「このことはすでにご執政の衆と長谷川氏《うじ》のあいだで話はすんでおる。我らはただ書付を受けとり、決裁の花押《かおう》を入れたのだ」

　二人の組頭の言葉に一同が無言でうなずいた。

「仕事に戻れ」

　みずからも筆に墨を含ませて、併右衛門が命じた。

「あのころ養子縁組の話が増えましたなあ」

　配下たちに聞こえないような小声で、加藤仁左衛門がささやいた。

「さようでござった。悪い噂《うわさ》が立つ前に、なんとかしてしまおうと考えたからでしょう。多少の不釣り合いは承知で婿《むこ》を探す者が多く出て参りました」

　併右衛門もうなずいた。

　新規召し抱え、別家禄分《ろくわ》けのないいま、数人の男子を抱える家にとって、息子の養子先を探すことは大仕事であった。

「できるだけ早く婿を見つけねば、赤子でもできていてはと……」

「加藤氏《うじ》」

年嵩《としかさ》の併右衛門が小さくたしなめた。役所でしていい話ではなかった。三河《みかわ》以来の旗本にとって、血筋は名誉であった。その正統に盗人の血が入るなど許されるはずはなく、そうなれば代々の家柄など砂上の楼閣となる。

葵小僧一味に犯された旗本の娘は何人いるかわからないが、ありえる話であった。

「一ヵ月や二ヵ月なら、婿の目もごまかせますでな」

加藤仁左衛門を叱ったが、併右衛門も独りごちてしまった。

「傷を承知で押しつける親戚というのも出たでしょうなあ」

つぶやきを耳にした加藤仁左衛門が、苦い顔で言った。

婿入り先の家付き娘が、不器量でも傷物でも、あまっている息子を片づけられるなら上等なのだ。

「受けいれる側も、家を潰《つぶ》すよりはましでございましょう」

旗本にとって、娘よりも代々受け継ぐ禄がたいせつなのだ。家さえ残れば、子々孫々まで収入が確保される。

「あれから六年、生まれた子の届けが出だすころ。あまりに疑わしいものには、付箋をつけ、上様お側《そば》のお役につかぬよう気を配らねばなりますまい。不幸な巡りあわせとは申せ、盗賊の血を引くやもしれぬ者を重く用いるわけにはゆきませぬ」

併右衛門と加藤仁左衛門は、なぜいまごろ葵小僧の書付がふたたび奥右筆部屋に回されてきたか悟っていた。御用部屋へあげるまえにあやしい家督相続を奥右筆の権限で止めよとの指示であった。

「因果なことでござるが、これも奥右筆の任。やらねばなりますまい」

併右衛門と加藤仁左衛門が顔を見あわせて、うなずいた。

馬の皮で作った袋に割竹を入れただけの袋竹刀《ふくろしない》でも、名人上手が振ると真剣同様空を斬った。

「……ひ、人とは思えませぬ」

衛悟《えいご》の隣で見学していた弟弟子が、震えた。

稽古《けいこ》していた弟子たちを、壁際《かべぎわ》に退かせて、師大久保《おおくぼ》典膳《てんぜん》と師範代上田聖《うえだちから》の試合がおこなわれていた。

上田聖の撃ちだした一閃《いっせん》をかわした大久保典膳の竹刀が、音をたててひるがえった。風を頬《ほお》に感じるほどの勢いに弟弟子は恐懼《きょうく》したのである。

「…………」

弟弟子の驚嘆に応えることなく、衛悟は二人の動きに見入っていた。試合から意識をそらせなかった。

大久保典膳の反撃を上田聖は、大きく跳んでさけた。

「ううむ」

思わず衛悟はうなった。わずかな動きで、一回り大きな上田聖が師の一刀から逃れた。己《おのれ》では無理だと一目で理解した。衛悟は上田聖との間にある差をあらためて見せつけられた。

「くっ」

衛悟は唇《くちびる》を噛《か》んだ。

「柊《ひいらぎ》さん」

唇の端から血を流す衛悟に、弟弟子が気遣《きづか》いの声をかけた。

返事をするのも惜しんで、衛悟は二人を見つめ続けた。

なんとか師の一撃をかわしたとはいえ、後ろへ跳んだことで上田聖の体勢に乱れが生じた。それを見逃す大久保典膳ではなかった。

するすると足を運んで、あっさり間合いを詰《つ》めた。

「……うっ」

上田聖が竹刀を構えなおしたとき、大久保典膳はすでに一間半（約二・七メートル）まで近づいていた。

大久保典膳の剣気が、上田聖を圧した。

「勝負は決まった」

大久保典膳の勝利は動かしようのないことであった。

「見ておけ、師範代の負け方を」

勝負の末を見て、ようやく衛悟に余裕ができた。顔をすえたまま、衛悟が弟弟子に言った。

「はい」

うなずいた弟弟子の喉《のど》が鳴った。

涼天覚清流《りょうてんかくしんりゅう》は、剣を天に向けて突きあげ、そこから稲妻《いなづま》のように振りおとす一撃必殺を旨《むね》としている。大久保典膳はそのとおりの構えをとった。

「一本杉」

弟子の誰かが、大久保典膳をそう形容した。深い山のなかでひときわそそり立つ巨木、大久保典膳の姿はそれほどに凜々《りり》しかった。

「聖、どうした」

撃って出るようすのない上田聖に、衛悟は焦《じ》れた。

「ぬおう」

衛悟のつぶやきが聞こえたのかも知れなかった。耳を覆《おお》わなければ耐えられないほどの気合いをあげて、上田聖が大きく踏みこんだ。

じっと撓《たわ》めていた足と腰の筋を上田聖は、一気に解放した。大柄な上田聖が、大久保典膳にのしかかったように見えた。

「届かぬ」

衛悟は、叫んだ。大久保典膳の目が光ったのに衛悟は気づいた。

畳《たたみ》を平手で叩《たた》いたような音がして、上田聖の手から竹刀が落ちた。

「ま、参った」

左肩を押さえて、上田聖が道場の床に片膝《かたひざ》を突いた。

切っ先を上田聖に向けたまま、構えを解いていなかった大久保典膳がようやく竹刀を下げた。

「解き放たれた獣のようではあった」

大久保典膳が、他の弟子たちへ教えるように語り始めた。

「しかし、獣は獣。考えが一つしかない。聖よ。涼天覚清流はただ一心に太刀を振るえと教えておるが、なにも考えずとは申しておらぬ。剣を遣うは人ぞ。どれだけの銘刀であろうとも、剣はあくまでも道具。道具は使う者の意思のとおりにしか動いてはくれぬ」

「はっ」

上田聖が、頭《こうべ》を垂《た》れた。

「先の先、後の先などの形にこだわるな。先の先で撃ちだした一刀を後の先と変えるも一手である。それを決めるには、いかに敵をよく見るかに尽きる。呼吸、目の動き、肘《ひじ》の角度、足先の沈みぐあい。一瞬でこれらすべてを読み取らねば、命のやりとりでは勝てぬ」

学ぶべきものはなにかを、大久保典膳が述べた。

「お教えありがとうございまする」

両膝を折って、上田聖が道場に手を突いた。

不意に大久保典膳が、衛悟に声をかけた。

「衛悟」

「そなた、聖にどうしたと申したの」

大久保典膳は、あの試合のさなか、衛悟のつぶやきをしっかり聞いていた。

「たわけ者め。少しはましになったかと思ったが……」

すさまじい雷《かみなり》が衛悟の上に落ちた。

「竹刀の稽古とはいえ、真剣勝負と同じ心構えでのぞまねばならぬことぐらい、わかっておろうが。一挙《いっきょ》まちがえば負けるのが仕合《しあい》であり、負けはすなわち死を意味する。それぐらいはわかっておろう。聖が気をためておったことを悟れなかったのか」

「…………」

黙って頭をさげながら、衛悟は師の意図を探った。

上田聖の気迫に衛悟は気づいていた。

衛悟は、上田聖が出る拍子を遅めにとったことへ疑問を呈したのだ。師大久保典膳の気迫は、十分に弟子を射竦《いすく》めるだけの力がある。師範代の上田聖といえども例外ではなかった。それだけ、師と師範代の間には大きな壁がそびえている。若い弟子なら一瞬で身動きできなくなる射竦めも、上田聖ほどともなるとなかなか抑えこまれることはない。しかし、いつかは大久保典膳の迫力に屈してしまう。

衛悟は、その一線をこえたと思い、つい口に出してしまった。それを大久保典膳はわかっていながら、あえて衛悟を叱っていた。

「猪突猛進のそなたと一緒にするな。人は皆違うのだ。己を基準として他人を測るな」

ようやく大久保典膳が主旨を語った。

「肝《きも》に銘《めい》じましてございまする」

道場の床に額がつくほど、衛悟は頭をさげた。

「よし、本日の稽古はこれまでとする。聖、あとは任せたぞ」

「はっ。お教えありがとうございました」

弟子たちに見送られて、大久保典膳が道場から消えた。弟子たちも三々五々道場から去っていった。

「災難だったの」

皆が去るまでじっと座っていた衛悟のところに、上田聖が近づいた。

「なんだったのだろうか」

衛悟は首をかしげた。

「最後の言葉は、失礼ながら、一語一句まで覚えるほど何度も聞かされている」

「そうよな」

遠慮なく上田聖が笑った。

上田聖は、百石取りで代々小荷駄支配《こにだしはい》を役目とする九州福岡黒田《くろだ》藩江戸《えど》詰《づめ》藩士である。衛悟とはほとんど同じ時期に涼天覚清流に入門した相弟子であった。

「衛悟よ、師は、きさまを叱ったのではない」

隣に腰をおろしながら上田聖が話しだした。

「他の者たちへの見せしめじゃな」

「見せしめとは」

わからぬと衛悟は首をかしげた。

「昨今、武士とはいえ、刀を抜いたことのない者がほとんどとなっている。出世も剣より筆が早い。皆子供を学堂へとはやるが、剣術道場にはかよわせぬ。そんな風潮があたりまえになっている」

「そのようなこと、あらためていわずともわかっておるわ」

つい先日まで、同じことを隣家の主《あるじ》奥右筆組頭立花併右衛門から、顔をあわすたびに浴びせられ続けてきた衛悟は苦笑した。

「まあ、聞け」

衛悟の置かれている状況を上田聖は知っている。

「剣術など熱心にやる者は変人じゃと嘲《あざけ》られるこのときに、わざわざ涼天覚清流などという無名の流派を学びに来る。それだけでも奇特なことだ」

「たしかにな」

涼天覚清流の名前を知っている者など、千人に一人、いや万人に一人いればよいほうだ。それほど無名であった。

「たとえは悪いが、同病相憐《あいあわ》れむになっておらぬかと師は言われておるのだ」

「それは、お互いさまと思いあってものが見えなくなっているということか」

やっと衛悟は、大久保典膳の考えを理解した。

「そういうことだ。儂《わし》が見ていても思うぞ。若い者たちは、たがいの腕を褒《ほ》めあってばかりで一向に研鑽《けんさん》を積まぬ。いまの試合もそうじゃ。誰一人、終わった儂に話を求めてこぬ。師が終わりを宣されれば、あっという間に閑古鳥《かんこどり》じゃ」

上田聖が苦い顔をした。

「猪突猛進ならば、まだいい。井の中の蛙《かわず》でもまあ許せる。ともに剣を学んでいるからの。しかし、同病相憐れむはいかぬ。今を認めてしまえば、先に進めぬ。いや、進まなくてもよくなってしまうのだ。それを師は、衛悟を叱ることで皆に教えようとなされたのだが……」

小さく上田聖が首を振った。

「無駄であったかの」

いつのまにか大久保典膳が道場の入り口に立っていた。

「師」

「先生」

あぐらを組んでいた衛悟と上田聖はあわてて姿勢を正した。

「詫びぬぞ、衛悟。そなたは、あいかわらず思いが出過ぎじゃ。剣士として他人に内を見抜かれることは未熟である」

「申しわけございませぬ」

深く衛悟は頭を垂れた。

「そなたを引きあいに出したは、儂の苦心じゃ。他の者を叱ってみよ、明日には弟子が半分に減るわ。それでは、喰《く》っていけぬ」

二人の前に大久保典膳が腰をおろした。

「剣は人殺しの道具、剣術は人を殺す技。そう常々《つねづね》言ってきたが、もう一つくわえておこう。道場は飯の種じゃ」

寂しそうな大久保典膳に、衛悟も上田聖も沈黙するしかなかった。

「それはよい。修行を止《や》め、江戸に道場を開いた日に気づいていたことだ。剣術を生き甲斐《がい》から生きる術《すべ》に変えたときにな」

大久保典膳が小さく笑った。

「衛悟、聖。おまえたちは主筋持ちじゃ。儂のように浪人ではない。よって剣を米櫃《こめびつ》にして生きていく必要はないが、学んでおけよ。たった一度の素振りの差が明暗をわけることもあるのだ」

しみ入るような声で大久保典膳が悟した。

「はっ」

「心に刻みまする」

衛悟と上田聖がかしこまった。

「さて、聖、そろそろ衛悟に教えてやれ。まだわかっておらぬようじゃ。なぜ、そなたが一歩遅れた拍子で撃って出たのかをな」

話を大久保典膳が上田聖へと振った。

「おう、それじゃ」

師匠の前であることも忘れて、衛悟が身をのりだした。

「聖、どうやって師の射竦めを耐えた」

「そんなに興奮することではないわ」

上田聖があきれた顔をした。

「耐えたのではない、最初から見ていなかったのだ、師を」

あっさりと上田聖が種を明かした。

「見てないとは、目をか」

衛悟は確認をとった。格上の剣士と試合するときの心得に、目を見ないというのがあった。気迫のこもった瞳で睨《にら》みつけられると、それだけで気が竦んでしまい、剣が伸びなくなるどころか、動きだす間が遅くなる。上田聖の説明はあたりまえのこと過ぎた。

「足先でも胸でもないぞ」

上田聖が追加した。

ともに目の代わりに見るとされている場所であった。胸で呼吸をはかり、つま先で出を感じるのである。

「儂の後ろを見ておったわ、聖は」

焦れた大久保典膳が告げた。

「聖はの、儂の真後ろにもう一人の儂を投影し、それを注視していたのだ。そうして、儂の射竦めをぼやかし、さらに間合いを遠目にとることで、思いきった踏みこみをしてのけた」

大久保典膳が、満足そうに聖を見た。

「そのようなことができるのか」

おもわず衛悟は、聖に詰め寄った。

「できるのではない、やるのだ。日ごろから、師匠の影を投じる癖をつけておけばできる。衛悟、おぬしも一人稽古のときには作るであろう。眼前の敵を」

「なるほど」

言われて衛悟も納得した。

「見事と褒めてやりたいところであるが、聖」

静かに大久保典膳が呼んだ。

「癖をつけるな。投影した敵は、あくまでも己の知っている範疇《はんちゅう》でしかない。生きている人は、己の考えもつかぬことをしてくるぞ」

「はっ」

上田聖が、道場に平伏した。

「師とはな、教え導く者ではない。己のたどってきた失敗を弟子に踏まさぬように手を引く。それだけのものなのじゃ。でなくば、永遠に師をしのぐ弟子は出ぬ」

ため息をつきながら、大久保典膳が衛悟に目をやった。

二

江戸城の曲輪《くるわ》内に御三卿《ごさんきょう》一橋《ひとつばし》家の館はあった。一橋民部卿《みんぶきょう》治済《はるさだ》は、館の庭を一人で散策していた。

御三卿は、八代将軍が初代家康《いえやす》にならって血筋の予備として設けたものである。一橋家、田安《たやす》家を吉宗《よしむね》が、清水《しみず》家を九代将軍家重《いえしげ》が創設し、それぞれに十万俵と館が与えられていた。

「鬼はおるかの」

池の端で足を止めた一橋治済が、天をあおいだ。

「これに」

背後から返事がした。気配もなく小柄な男が膝を突いていた。

「相変わらず薄気味悪いやつよの」

背中を向けたままで治済が笑った。

「御用は」

低い声で問うたのは、冥府《めいふ》防人《さきもり》であった。三十歳過ぎで小柄な冥府防人は、手練《てだ》れの忍《しのび》であり、治済の目であり牙《きば》である。

「越中《えっちゅう》めはどこまで読んでおる」

鯉を目で追いかけながら、治済が問うた。

「おそらくすべてを」

淡々と冥府防人が答えた。

「そうか。それでも動かぬか。己が田安を放りだされた真相を知っても、なにもせぬとは、一門でありながら、骨の髄《ずい》まで徳川の家臣になりさがったの」

治済が、吐《は》きすてた。

「祖父吉宗さまの思いを受けついだのは、やはり余のみじゃな。だいたい九代将軍に家重ごときをつけるから、こうなったのだ。いかに長男であろうとも、器でなくば取りかえるのが、施政者の責務ではないか。吉宗さまも甘すぎたの」

手を叩くと、近づいていた鯉が逆に散っていった。

「魚の分際で」

憎々しげに治済が、言った。

「幕府は、余を放任するのだな」

頬を治済がゆがめた。

「十一代の座は、我が息子家斉《いえなり》のものとなったが、まだ余に回って来ないわけではない。家斉が死ねば、余しかおらぬ。まだ家斉の子は小さすぎる」

御三卿ができた段階で、実質、御三家はその下に位置づけられた。今の将軍にどれだけ血筋が近いかが、幕府における席次なのだ。いかに神君と讃《たた》えられる家康直系の子孫であっても、今の将軍から見れば、従兄弟《いとこ》をはるかにとおりこし、赤の他人も同然であった。

また、御三卿のなかでも清水は、歴史が一代浅いことで格下あつかいされていた。さらに田安家も将軍を出すには弱かった。これは、定信が白河《しらかわ》へ出され、明き屋形《あやかた》となった田安家を一橋から入った養子が継いだからだ。

今家斉に万一のことがあれば、十二代将軍の座は、まちがいなく治済に転がりこむ。

「考えてみれば、神君家康公が将軍となられたのは、六十二歳のとき。余はまだ四十一ぞ。家康公より二十年も若い。望みを捨てるには早い」

「…………」

無言で冥府防人は治済の声を聞いていた。

「だが、我が子を直接手にかけるは気乗りせぬ」

治済が、振り返った。

「鬼よ。甲賀《こうが》によい薬はないかの」

「毒を盛るのでございまするか」

「たわけめ」

聞きなおした冥府防人を、治済が叱った。

「我が子を殺すなど、禽獣《きんじゅう》の業。武家の統領となり、天皇に代わってこの国を治める高貴な身分になるのだ。そのようなまねはせぬ。鬼、重い病となるような薬はないか。とても将軍として役にたたぬようになるものは」

「あるにはございまするが、江戸の城は伊賀者《いがもの》が守っておるだけではなく、将軍家の口に触れるものは、すべて毒味がなされまする」

「黙れ」

ふたたび治済が怒鳴《どな》った。

「余はあるのかないのかと訊いただけじゃ。できるできぬは問うてはおらぬ。そなたは、余が命じたことを確実になせばよい。そのために、飼われておるのだ。許されざる大罪を犯しておきながら、妹ともども人がましい顔をして生きておられるのは、余がかばってやっておるからではないか。わかっておろう。それとも、余から離れて世間に出ていくか。数日で一族郎党根絶やしになるぞ。そうなれば、そなたの悲願、五位の太夫も夢と消える。主殺しの汚名は、二度とそなたの血筋に栄誉をもたらすことはないぞ」

「申しわけございませぬ」

冥府防人が平蜘蛛《ひらぐも》のように、はいつくばった。

「あるのだな」

治済が念を押した。

「はっ。甲賀はもともと伊賀と違い薬草に長《た》けておりますれば、毎日少量飲まし続ければ、徐々に生気を失い、やがて立つこともかなわぬ身とする薬がございまする」

額を地につけたまま、冥府防人が言った。

「そうか。ならば、その薬を用意せよ」

「…………」

無言で冥府防人は、首肯した。

「その薬をどうやって豊千代《とよちよ》に飲ませるかは、簡単なことじゃ。食事も茶も、白湯《さゆ》も毒味される。しかし、ただ一つ将軍が口にするもので、余人の触れることのできぬものがある。それに毒を塗ればいい」

「余人の触れることができぬものでございまするか」

冥府防人はわからないと告げた。

「わからぬか。女じゃ。将軍家側室の味見など誰もすることはできまいが」

愉快そうに治済が笑った。

「女も弱りますれば、怪しまれませぬか」

「薬を仕込んだ側室が体調を崩す前に、代わりの女を用意すればいい」

あっさりと治済が口にした。

「……女の手配は」

「しばし待て。手を考えるゆえな。それよりも、あの奥右筆から眼を離すな。どうやら松平《まつだいら》越中守《えっちゅうのかみ》の羽の下に入ったようだ。大奥へあがる女中の身上書も奥右筆部屋をとおる。さすがに上様の身に危害がおよぶとなれば、越中守も黙っていまい」

「承知つかまつりました」

治済の命を冥府防人は平伏して受けた。

子供のころいくら生け垣の破れを抜けて行き来していたとはいえ、一人前となれば許されるはずもなく、衛悟は玄関の潜《くぐ》りを開けて立花家を出た。

「お気をつけて」

瑞紀《みずき》の声が潜りの閉まる音で消えた。

「ふうう」

緊張で固くなった肩を衛悟は軽く回した。

「ほれた女の父親というのは気疲れするものらしいな」

闇のなかから不意に言葉がかけられた。

「その声は……冥府防人」

命を賭《か》けた戦いをした相手である。姿はなくともすぐにわかった。

「奥右筆組頭は、どうしている。またも御前の妨げとなるようであれば、この度《たび》こそ除かねばならぬ」

ゆっくりと冥府防人が月明かりの下へと歩んできた。

先夜同様、冥府防人は衛悟より五寸（約一五センチメートル）小さな身体に、似つかわしくない大太刀を帯びていた。

寛文《かんぶん》二年（一六六二）、幕府は太刀の大きさを制限し、刃渡り二尺九寸（約八七センチメートル）をこえる大太刀は禁止されている。冥府防人の持つ得物《えもの》はあきらかに、その規定をこえていた。

「えらそうなことを言うな。きさまは、お庭番《にわばん》相手になに一つできなかったではないか。お庭番は上様直属ときく。そのお庭番に刃《やいば》を向けられなかったきさまの主は、御前と名のりながらも将軍家へさからうことのできぬ身分であろう。虚勢を張るな」

話しかけながら、衛悟はすばやく周囲に目を配った。

前回、冥府防人は単騎で戦いを挑んできたが、今度も同じとはかぎらなかった。伏兵のことを考えるのも剣士の心得であった。

「ばかめ。やはりものごとの一面しか見えぬ猪《いのしし》よな。ゆえに養子の引き取り手もない」

頬をゆがめて、冥府防人が一笑した。

「将軍直属のお庭番が動いたにもかかわらず、このとおり儂はかわりなくここにおる。これが、どういうことかわからぬのか。将軍はな、御前のなさっていることを知っていながら咎《とが》めだてなされぬ。つまり、暗に認めておられるのだ」

「なにっ」

衛悟は反論できなかった。

寸刻かかわっただけであったが、お庭番の実力のすさまじさは、衛悟にも十分にわかった。お庭番なら冥府防人を倒すことができた。しかし、冥府防人は生きてここにいる。まさに冥府防人の言うとおりであった。

「御前のご意志は将軍の許すところ。たかが松平越中守ごときの庇護《ひご》を鉄壁とおもいこみ、御前に刃向かうなど、ものごとが見えぬにもほどがある。世のすべてを知った気でおる奥右筆組頭も甘いの。雇い主がおろかでは、配下はたまらぬ。どうだ、考えを変えてみぬか。御前にしたがうというなら、三百石貰《もら》ってやろう。婿養子ではないぞ。ちゃんと旗本として新規お召し抱えしてやるというのだ。実家よりも禄が多ければ、きさまを軽視した兄を見返してやれるぞ」

冥府防人が誘惑した。

「笑わせてくれるな。きさまのいう御前がどなたさまかは知らぬが、旗本の新規召し抱えなどできようはずもない」

幕府も人減らしに躍起になっている。こんなときに新たな家を興すなどそう簡単にできることではなかった。

「それができるのだ。儂がそうよ。御前さまのお望みがかなったとき、儂は千石と布衣の格をいただくことになっておる。どうだ、この厚遇は」

さらに冥府防人が誘った。

「どこに保証がある。いまの世を見てもわかるであろう。戦国の世に必要であった武士が天下統一のあとどれだけ冷遇されてきたか。走狗《そうく》烹《に》らるになるのがおちであろう」

言いながら衛悟は、足下を固めた。襲われて以来、すぐそこへ行くにも草鞋《わらじ》を履《は》くようにしている。雪駄《せった》のように足場が滑る怖《おそ》れはなかった。

「下司《げす》め。御前さまを己と同じものさしではかろうとするな。いたしかたないの。せっかく若い命をたすけてやろうと思ったが……」

言い終わる前に冥府防人が走った。

「三途の河原で悔やむがいい」

気合い代わりに冥府防人が叫んで大太刀をくりだした。長い刀ほど鞘走《さやばし》らせにくいとの常識を無視した疾《はや》さであった。

「しゃあ」

衛悟はその場で膝をたわめ、腰を大きくひねって太刀を抜き迎え撃った。涼天覚清流一天の構えをとる余裕はなかった。

甲高《かんだか》い音と火花が静かな江戸の夜を裂いた。衛悟の一刀はなんとか間にあった。

重い手応えを受けた衛悟は、その圧力を利用して後ろへと跳んだ。

「甘い」

糸でつながっているかのように、冥府防人が間合いを詰めた。

「ぬん」

見せ太刀と承知で、衛悟は一閃《いっせん》を放った。

「……………」

斬る意思がこめられていなくとも、日本刀は鋭い。触れただけで筋を断たれる。冥府防人が足を止めて、衛悟の太刀をかわした。

一瞬、冥府防人の勢いが止まった。

「ちゃあぁ」

間をおかず、衛悟は片手で脇差《わきざし》を抜いて、投げた。

「猫だましにもならぬわ」

嘲笑《あざわら》うように、冥府防人が脇差を大太刀で払い落とした。

動きには始めと終わりがある。飛んできたものを払うために、冥府防人は居合いに使うべき大太刀を身体《からだ》の正面に立てて左へと振った。正中からずれた位置で青眼ともいえぬ形になった冥府防人は、それをもとに戻す必要があった。

わずかな往復の挙動であったが、衛悟に一天の構えをとらせるに十分な余裕を与えてくれた。

切っ先で天を刺すがごとき一天の構えは、涼天覚清流必殺の形であった。

「おおう」

衛悟は腹からの気合いを発した。

「……ふん、小生意気なまねを」

大太刀を鞘におさめながら、冥府防人が睨《にら》んだ。

「少しは遣えるようになったようだな」

冥府防人が、小さく笑った。

「口数が多いぞ。怖れをごまかしているのか。剣士の勝負は口ではなく刀でするものだ」

逆に衛悟があざけった。

「一人前の口をきいてくれるな。弱い犬ほど大きく吠《ほ》えるという。大言壮語の責任は己の命で贖《あがな》え」

冷たい声で冥府防人が告げた。

「参れ」

衛悟が冥府防人を呼んだ。

剣術の試合では、格下からかかっていくのが礼儀である。衛悟はわざと冥府防人をあおった。

「構えを変えただけでずいぶんと態度が変わるものよ。だが、無駄なあがき。我が裁きの一撃を止める術《すべ》はない。儂に三度居合いを使わせたことを地獄の鬼に自慢するがいい」

五間（約九メートル）に開いた間合いを、冥府防人がゆっくりと詰めた。

太刀の間合いは二間（約三・六メートル）である。それ以上互いの距離が近づけば、一足一刀、一歩踏みだせば敵の身体に刀が届く必至の間合いになった。

しかし、冥府防人のもつ大太刀の間合いは二間半（約四・五メートル）と衛悟のものより半間（約九〇センチメートル）長い。つまり、冥府防人は衛悟の届かぬ所から撃つことができるのだ。

冥府防人の身体から黒い煙のような殺気が立ちのぼった。

「…………」

まさに何十という人を殺すことで身につけた殺気のすさまじさに、衛悟は言葉を発する余裕を失った。

「どうした、声も出ぬか」

静かに冥府防人の姿勢が低くなっていった。居合いは深く腰と膝を曲げ、十二分にたわめた筋の力を一気に解放することで、電光石火の一撃を生みだす。

合わせるように衛悟も膝を落とした。重心を据《す》えねば、刃風だけで吹き飛ばされそうなほど冥府防人の斬撃は強い。

「……ぬん」

鋭く息を吐いて冥府防人が大太刀を鞘走らせた。弧を描いて大太刀が衛悟の胴を襲った。

「かあ」

衛悟は太刀を振るわず、ためた膝の力だけで飛んだ。衛悟の腰骨を狙った冥府防人の一閃を斜め上に避けた。

「馬鹿が、返す刀の餌食《えじき》じゃ」

はずれたと認識した瞬間、左足だけで冥府防人が独楽《こま》のように回った。さらに手首を大きくひねって、冥府防人が太刀筋を変えた。水平だった大太刀が、逆袈裟《ぎゃくけさ》に跳ねた。

空中にあっては身動きすることもままならない。衛悟は己から冥府防人の大太刀へと飛びこんでいく形になった。

「ちえええ」

尻を蹴りあげるつもりで両足をあげた衛悟は、天をさしていた太刀を真っ向から振りおとした。

わずかとはいえ斜め前に衛悟の身体は跳んでいた。そのお陰で大きく踏みこんで居合いを使った冥府防人との間合いが縮んでいた。

衛悟の一撃は冥府防人の脳天へと向かった。敵の間合いに入らなければ勝負にならないと、衛悟が考えた苦肉の策であった。

大太刀の重さと身体を回しただけ、冥府防人が遅れた。

「くっ」

歯がみをした冥府防人が、後ろへと逃げた。

太刀はむなしく空を斬り、衛悟は前のめりに転んだ。

「おもしろい。おもしろいぞ」

声をあげて笑いながら、冥府防人が大太刀をしまった。

「ここで止《とど》めをさすのは簡単だが、今の工夫に免じてもう少し生かしておいてやろう。同じ技は二度とつうじぬ。次には別のあがきを見せてくれよ」

あっさりと殺気を霧散させて、冥府防人が闇へと消えた。

「見逃してくれたのか」

すばやく立ちあがりながら、衛悟がつぶやいた。

「なんとか死なずにすんだ」

転がっている脇差を拾いあげて、衛悟は重いためいきをついた。

衛悟の気配が柊家のなかへと吸いこまれるのを待っていたかのように、影が立花家の屋根に湧《わ》いた。

「甲賀者《こうがもの》も馬鹿にはできぬな」

冥府防人の消えた闇をお庭番が透かして見た。

「我が気配を悟られたわ」

お庭番が小さく笑った。

「もっとも、柊の次男が殺されようとも、見すごすつもりであったが、甲賀者に危ない橋を渡る気はなかったようだの」

柊家に目をやったお庭番は、ふたたび闇へと溶けた。

三

大名同士が手を結んで叛乱《はんらん》を起こすことを懸念した幕府は、藩主同士親しく交流することをきびしく制限した。

茶会を催《もよお》すにしても、祝いの宴をおこなうにも、大名たちは逐一《ちくいち》幕府へその旨《むね》を届けなければならなかった。さらに旗本を招いて同席してもらうなどして、叛心《ほんしん》のないことを証明する必要があり、大名による不意の来訪など、まずなかった。

「一橋卿、お見えでございまする」

門番の叫びに、幸橋御門《さいわいばしごもん》内にある九州鹿児島島津《しまづ》藩中屋敷は騒然となった。

「なんだと」

政務を執っていた薩摩藩江戸家老小松帯刀《こまつたてわき》が、驚きの声をあげた。

予告なしに治済が島津家を訪れていた。

島津家と一橋家は縁戚になる。

八代藩主島津左近衛権中将《さこんのえごんのちゅうじょう》兼薩摩守重豪《さつまのかみしげひで》の正室が、一橋治済妹保姫《やすひめ》であり、さらに島津重豪の三女茂姫《しげひめ》が、江戸城大奥へ入り、家斉の御台所《みだいどころ》となっていた。

島津家は徳川と二重の縁を重ね、幕府最大の敵から、格別のお家柄へとかわりつつあった。

「殿にお報せ申せ。あと、宴の用意を急げ」

目をとおしていた書付を置いて、小松帯刀が命じた。

将軍の父で御三卿当主の一橋治済を乗せた駕籠《かご》は、出迎えの用意ができるまで門を潜ったところで足踏みをしていた。

貴人を待たせることは罪になる。

すでに門内に入っていても、こうすることでまだ着いていないとの体《てい》をとり、迎える側に準備のときを与えるのだ。

薩摩藩士たちが門内に膝を突いた。続いて小松帯刀が玄関式台に平伏した。

「一橋民部卿《みんぶきょう》さま、ご来駕《らいが》」

四半刻《しはんとき》（約三〇分）ほどして、ようやく門番が用意のできたことを告げた。

待っていた一橋治済の駕籠が、磨きあげられた式台へおろされた。

「おう、帯刀か。不意にすまぬの」

出迎えた小松帯刀に微笑《ほほえ》みながら一橋治済が、駕籠から出た。

「ようこそのご来訪をありがたく存じまする」

床板に小松帯刀は額を押しつけた。

「ちと薩摩守どのと話をしたくなってな。迷惑とは思うが、なにぶん思いたてば我慢ができぬ性質《たち》じゃでの。かもうてくれるなや。薩摩守どのに会えば、すぐに帰るゆえ」

いちおうの詫びを治済が、述べた。

「なにを仰《おお》せられまする。民部卿さまにお出《い》でいただきながら、おもてなしもせずにお帰りいただいては、薩摩藩が世間のもの笑いとなりまする。もとが田舎の者でございますれば、なにかと心づかぬこともございましょうが、どうぞ、ごゆるりとなされてくださりませ。夕餉《ゆうげ》には少々早うございまするが、お話のあとに膳の用意をいたしております る」

治済の真っ白な足袋《たび》のつま先を見ながら、小松帯刀が願った。

「そうか。そこまで申してくれるか。ならば、馳走《ちそう》になろう。帯刀、そなたも相伴《しょうばん》いたせよ。ただし、宴席のみじゃぞ。話は余人に聞かせるわけにはいかぬでな」

満足そうに治済が首肯した。

「承知いたしておりまする。では、ご案内つかまつりまする。玄関先にお引きとめいたしては、主に叱られまする」

もう一度深く頭を床につけてから、小松帯刀は立ちあがって、治済を奥へとともなった。

「これは、民部卿」

島津重豪が、客間の前で立って出迎えた。

「薩摩どのよ、邪魔をするぞ」

「なんの民部卿は、我が妻の兄上。いわば、我が兄でござる。遠慮など必要はございませぬ。どうぞ、なかへ」

背中を押さんばかりにして、島津重豪が治済を客間へと誘った。

「帯刀、誰も来させるな」

廊下に座って襖《ふすま》を閉めようとした小松帯刀に島津重豪が命じた。

「はい」

しずかに小松帯刀が首肯した。

「分家の身で、藩に傷の付くようなまねはなさるなや」

苦い顔で小松帯刀がつぶやいた。

島津八代藩主重豪は、分家である加治木《かじき》島津の出であった。父重年《しげとし》が、本家の養子となって七代藩主となったため、加治木島津家を継いで、重豪は一門衆に名を連ねた。

薩摩の一門は、加治木、垂水《たるみず》、重富《しげとみ》、今和泉《いまいずみ》の四家で、万石以上の石高を持ち、代々の藩主の次男が封じられた。

その後重年が、跡継ぎをもうけることなく死去したため、重豪は加治木を離れて八代藩主となった。

加治木は藩主一門とはいえ、家臣である。一度臣下になった者が、主となったことを、しきたりや名前を重く見る風潮の薩摩では、こころよく思っていなかった。

「民部卿もなにを言われておるのやら。幕府に目をつけられるような事態を招いてくれねばよいが」

大きく小松帯刀が嘆息した。

小松帯刀は、一門に次ぐ一所持《いっしょもち》の家柄であった。一所持とは薩摩独自のもので、家禄ではなく領地を与えられる名門である。島津が薩摩を統一するときに、したがった小領主の末裔《まつえい》が多く、代々薩摩藩の重職についた。

小松帯刀の心配は当たっていた。

「いかがかの、薩摩守どの。決心はつかれたか」

客間で治済が、島津重豪に迫っていた。

「そうは仰せられても、国禁《こっきん》でござる」

島津重豪が二の足を踏んだ。

「なにを気弱なことを言われる。薩摩守どの。貴公は、徳川の縁戚。茂どの、いや、御台所さまとお呼びせねばならぬな。御台所さまがお産みになった男子が十二代を継げば、薩摩守どのは将軍の祖父。島津家は外様大名ではなく、御三家御三卿に並ぶ親藩となるのでござる。幕閣どもがなにを申そうとも気になさらなくてよろしいのだ。老中、若年寄などと偉そうな顔をしたところで、あやつらは徳川の家臣でしかない。一門に手を出すことなどできはせぬ」

一橋治済が嘲笑《ちょうしょう》した。

「そうでござろうか」

まだ重豪はためらっていた。

「薩摩守どのが気乗りされぬのなら、それはそれでよろしかろう。しかし、姫を御台所にしたところで、薩摩藩へのお手伝いが減るわけではござらぬし、宝暦《ほうれき》の木曾川《きそがわ》治水お手伝いの借財はまだ残ってござろう」

憐《あわ》れむような顔で、治済が言った。

宝暦の治水工事とは、薩摩藩史上もっとも悲惨な幕府お手伝いであった。

宝暦三年（一七五三）先代藩主重年が、美濃《みの》、尾張《おわり》、伊勢《いせ》の三国を流れる木曾川の治水工事を命じられた。江戸にもっとも遠い薩摩藩には、参勤交代の費用などですでに六十六万両という借財があったことを承知でのお手伝いであった。

当初、期間半年費用九万両との見積もりであったが、たび重なる幕府側の妨害、長雨などの障害で、大きく予定をこえ、工事完了には一年四ヵ月のときと、じつに四十万両という大金を要した。

あまりの出費に、工事の総監督であった薩摩藩家老平田靭負《ひらたゆきえ》は、完成後切腹してその責任を負った。他にも、幕府の嫌がらせに抗議して五十一名が切腹、三十三名が過労で死亡するなど、薩摩藩に大きな傷を残した。

「……それは」

金のことを言われては、重豪も返す言葉がなかった。

加治木島津の当主から薩摩藩主になった重豪が、まず驚いたのは金のなさであった。七十七万石の大藩、薩摩島津家の当主のお手元金がわずかに二分しかなかった。二分は一両の半分である。腕のいい大工なら、日当に一分とるご時世に薩摩藩主が使える金がその二日分しかなかった。

藩主でさえそのありさまなのだ。藩士の窮乏《きゅうぼう》は想像を絶した。喰《く》いかねて腹を切る者もでているのが、薩摩藩の実情であった。

「水くさいの、薩摩守どのよ」

不意に治済が猫なで声を出した。

「琉球《りゅうきゅう》で抜け荷をしておること、余が知らぬとでも思われたかの」

「な、なにを」

言われた重豪が絶句した。

薩摩藩は琉球を慶長《けいちょう》十四年（一六〇九）に支配した。薩摩藩は鎖国の成立後もずっと琉球を窓口に清《しん》と交易をおこなっていた。

「とぼけられるなよ。すでに八代さまがお調べになられておる。お庭蕃をつかってな。お気づきではないのか、宝暦の治水、あれは抜け荷に対する罰であったことを」

「えっ」

治済の言葉に、重豪が声を失った。

「薩摩の国境は、たとえ隠密《おんみつ》といえどもこえられるはずはございませぬ。たとえ領内に入ることができたとしても、薩摩の風習は独特。すぐに領民に気づかれまする。わたくしの手元までいまだ、そのような者が捕らわれたとの話はまいっておりませぬ」

一生懸命に重豪が否定した。

「砂糖の専売を隠れ蓑《かくみの》にされているようだが、甘いの。吉宗さまが紀州より連れてこられたお庭番は、伊賀者のように飼い慣らされてはおらぬ。鹿児島はおろか、大島《おおしま》、琉球にも入りこんで、すべてを暴いておる」

「まさか」

重豪は信じられなかった。

薩摩藩の国境警備は他藩に類を見ないほどきびしいものであった。他国から薩摩に入る四つの街道に境目番所《さかいめばんしょ》が九あり、脇道には数十をこえる辺路番《へんろばん》が置かれていた。また、船の出入りができる十三の港ならびに河口にも津口《つぐち》番所が設けられ、侵入者を厳重に監視していた。

また、関ヶ原《せきはら》の合戦に敗れ、徳川の軍門へ下る決意をした島津家は、幕府の隠密が領国で暗躍するのを防ぐために、独特な方針をとった。

他国の者には意味の通じない方言の使用である。これは、話の内容をわからなくするだけではなく、他国者を見つけだす方策としても有効であった。

「そうじゃな。薩摩守どのよ。鶴丸城《つるまるじょう》本丸御殿のお庭には大きな蘇鉄《そてつ》が植わってござろう」

さらりと治済が口にした。

「な、なぜにそれを」

重なる衝撃に重豪が、目を剝《む》いた。

「なに、余は聞かせてもらったのじゃ。祖父吉宗さまからな」

八代将軍吉宗は、孫のなかでもとくに治済を寵愛《ちょうあい》し、膝に抱きあげてはいろいろなことを語った。

「幕府のたがはゆるんでおるが、心柱は腐っておらぬ。帯刀、襖《ふすま》に耳を押しつけず、入って来るがいい。そなたに問いたいことがある」

治済は、襖越しに話しかけた。

「許す、開けよ」

助け船を求めるように、重豪が小松帯刀を呼んだ。

「ごめんくださりませ」

主君に言われては、しかたがなかった。

ゆっくりと小松帯刀が、襖を開けた。

「帯刀、そなたなら知っておろう。琉球での交易で得た金は、いかほどじゃ」

「殿……」

治済の質問には応えず、小松帯刀が重豪をみあげた。

「かまわぬ。申してよい」

小松帯刀が求めた許しを重豪が認めた。

「およそ琉球からの貢《みつ》ぎは、百万両になりましょう」

抜け荷という言葉は使わず、小松帯刀が言った。

「では、薩摩藩の借財はいかほどかの」

続けて一橋治済が尋《たず》ねた。

「現在国表《くにおもて》、江戸を合わせまして、おおよそ百八万両でございまする」

苦渋に満ちた顔で小松帯刀が告げた。

「もう一つ問う。八万両はなんじゃ」

「宝暦四年からいままでの利でございまする」

あきらめた顔で小松帯刀が話した。

「帯刀……」

重豪が、声を失った。

「治水工事を命じておきながら、幕府の役人どもがなにかと妨げをして参るのが不思議でございました。先代の殿にはお見せいたしましたが、腹を切った平田靱負の遺書に、工事の費用が四十万両をこえたとたん、幕府からいっさいの邪魔がなくなったとございました」

「まことか」

「…………」

無言で小松帯刀が平伏した。

「おのれ徳川め」

「余も徳川なのだがの」

うなった薩摩守に、治済が笑いかけた。

「吉宗さまは、そういうお方であったのだ。神君家康さまが並み居る大名どもをひれ伏せさせたように、失われかけていた幕威を取りもどそうとなされた。その見せしめに薩摩がつかわれたのじゃ」

「どれだけの者が死んだと……」

重豪が唇を噛んだ。

「それらの者どもを無駄死にさせぬためにも、薩摩は金をかせがねばなるまい。金があれば、老中や若年寄、奥右筆などを飼うこともできる。それこそ、十二代を薩摩の血を引く和子《わこ》に継がせることもできよう」

治済が、語った。

「薩摩守どのよ。今の世は武より勘定。金がなによりの槍、太刀でござるぞ」

「……殿」

小松帯刀が目で合図をした。しかし、興奮している重豪の耳には届かなかった。

「幕府最大の敵、島津の血を引く将軍誕生はおもしろい。源氏直系である島津にとって、征夷大将軍は悲願でもある」

「殿」

声を大きくして小松帯刀が止めた。

「差し出がましいぞ、帯刀」

鋭い声で、治済が叱りつけた。

「はっ」

いかに薩摩藩門閥《もんばつ》家老で万石の知行を取る小松帯刀とはいえ、身分は陪臣《ばいしん》でしかない。治済に怒鳴りつけられては、平伏するしかなかった。

「金じゃ。金さえあれば、願望は成就する。琉球の交易をもっと盛んにすれば、薩摩の台所はうるおってあまりあることになろう」

重豪が、きっと顔をあげた。

「ところでな、薩摩守どのよ」

息を荒くしている重豪に、治済が呼びかけた。

「なんでござる」

「ちと頼みがござる」

小さな声で一橋治済がささやいた。

「知ってのとおり、御三卿は将軍の親戚筋として禄を与えられておるだけで、独立した一個の大名ではない。家臣どももみな旗本でな。余の言うことなどきいてはくれぬ。そこで余自ら家来を求めたいと思うのだが、御三卿の金はすべて幕府の金蔵を経ねばならぬ。思いどおりになる金など一両もないのでござってな。そこで合力を願いたいのだ」

治済は金の無心をした。

「もちろん、琉球での交易が利を生んでからでよい」

「水くさいことを申されるな。我が島津家と一橋家は縁戚でござる。今月より千両お手元に差しあげましょうぞ。帯刀、よしなにはからえ」

「……はっ」

苦虫を嚙みつぶしたような顔で小松帯刀が承諾した。

「あともう一つ。大奥へ娘をあげたいと余に頼んでくる者が多くての。何人かは押しこむことができても、あまりに大勢は将軍の手前もあってできにくい。そこで、御台所茂姫さまがお手元で使う女中として何人か引き受けてはくださらぬかの」

頼むと治済が、ほんの少し頭をさげた。

「そのていどのこと、なんでもござらぬ。いつでもお申しつけくだされい」

任せろと重豪が、首肯した。

「かたじけないぞ。今日から、茂どのの和子がお世継ぎとなるよう、将軍家に働きかけるゆえな」

如才《じょさい》なく治済が、述べた。

「帯刀、宴席の用意はまだか。今宵《こよい》は祝いぞ。さあ、民部卿、したたかに酔いましょうぞ。たがいの繁栄を祈って」

上機嫌で重豪が治済を誘った。

「ただちに」

一度平伏して、小松帯刀は客間を出た。

「金か。千両はきびしい。しかし、金ならばいい。これで一橋に貸しが出来ると思えば、安いものかも知れぬ」

治済の要望を、逆手にとれると小松帯刀が納得した。

四

江戸城のどこでも、仕事始めの一刻（約二時間）は猫の手も借りたいほど忙しい。

書類がなければ炭一つ買えない仕組みになっている。書付を作成する奥右筆部屋は、それこそ戦場のような慌《あわ》ただしさであった。

「お坊主どの、墨を擦《す》ってくだされ」

「勘定吟味役どのが書付は、ここではない勝手掛じゃ」

配下たちが怒鳴るような声を出していた。

併右衛門も目の前に積まれた書付に、思わず罵声《ばせい》を漏《も》らした。

「どこの馬鹿じゃ。このようなことまで御用部屋へ問うとは」

「どうかなされたか」

やはり書付の山にぼやいていた加藤仁左衛門が、尋《たず》ねた。

「いや、浅草米蔵から七月のお玉落としについて、米の相場を遅めに取りたいと申して参ったのでござるが、加藤どのもご存じのとおり、今度《このたび》の相場はすでに決まっておりますに、今ごろなにを言いだすかと」

併右衛門はあきれていた。

「札差しどもの差し金でございましょうなあ。あやつらは相場にあわせて米の代金を決めますゆえ、少しでも遅めがよろしいのでござるよ。不作となれば、米の値段はぐっとあがり、豊作となれば下がる。札差しどもとしては梅雨が長雨かどうかだけでも知りたいのでしょうな」

加藤仁左衛門も肩をすくめた。

札差しとは領知を持たず幕府から直接玄米を支給される幕臣たちに代わって、米を売却する商人のことだ。もとはその売却による手数料を商売としていたが、やがて旗本の貧窮《ひんきゅう》にしたがって金貸しを始め、いまではそちらが本業となっていた。米をかたに金を貸すだけに、札差しは相場の上がり下がりに敏感であった。

「金が力を持つ世のなかでござるな」

顔を見あわせて二人が苦笑した。

「このようなもの、御老中さまに渡せるわけないであろうに」

浅草米奉行から出された願書きを併右衛門は、墨でくろぐろとばつを入れ、否の文箱へと入れた。

諾の箱に入ったものは、ただちに御殿坊主が葵《あおい》の塗り箱へ移し、御用部屋まで運んでいく。そして、否の箱にあるものは終業をもって焼却されるのが決まりであった。

「次は……」

新たな書付に目をやった併右衛門は息を呑《の》んだ。

「津軽藩から高なおしの願い。このご時世にか」

高なおしとは将軍家から各大名へ渡される領知状に記載される石高をあらためることである。表高《おもてだか》を変えることは家の格に大きな影響をおよぼした。石高が増えれば、家格はあがり、江戸城での席もかわる。昨日までの同僚から敬意を表されるだけでなく、場合によっては将軍の姫を嫁にもらうこともできた。外様として冷遇されてきた大名たちにとって、一門になることは大きな出世である。しかし、石高の増額は、お手伝い普請の規模などを大きくしかねなかった。今までなら近隣の大名と手を組んでやっていたお手伝い普請などを一藩だけでひきうけることになり、かかる費用が一気に跳ねあがる。

参勤交代の供侍も増やさねばならず、屋敷も大きな所へ移ることになる。名誉と引き替えにするには、あまりに大きな出費であった。

「どこの内実も火の車であろうに」

津軽から出た高なおしの願いを、併右衛門は未決の箱へと放りこんだ。

「おうかがいを立てねばならぬな」

ふたたび松平定信と面会することになるなと併右衛門は、今日の仕事のめどを計算した。

「なんとかなりそうじゃな」

併右衛門は、手早く残った書付を片づけ始めた。

奥右筆を含め、幕府の事務方の勤務は暮れ七つ（午後四時ごろ）までであった。その日にしなければならない仕事をすませた役人たちが、ぞろぞろと下城し始める。

「お先に」

筆と硯《すずり》を洗い清めた併右衛門は、同役の加藤仁左衛門に軽く頭を下げて席を立った。

江戸城の東南、麻布《あざぶ》簞笥《たんす》町《まち》に立花家はあった。

外桜田門《そとさくらだもん》を出た併右衛門に一人の若侍が寄り添った。

「待たせたか」

「いえ。さきほど来たばかりでござる」

併右衛門の気遣いに応えたのは、柊衛悟であった。

柊衛悟は併右衛門の隣家評定所与力《よりき》柊賢悟《けんご》の厄介《やっかい》である。厄介とは、成人したあとも養子に行けず、実家に寄寓《きぐう》している者のことだ。

戦《いくさ》がなくなって百五十年あまり、天下の主徳川といえども旗本や御家人を増やすことはできなくなった。家を継ぐことができるのは嫡男一人、残りの男子は養子先を探さないと生涯実家の世話になり、妻を娶《めと》ることもなく、気兼ねしながら生きていくしかない。旗本御家人の次男以下にとって、養子先を探すことがなによりの仕事になって久しかった。

衛悟もご多分に漏れず、柊家の厄介者として肩身の狭い思いをしてきた。その衛悟に声をかけたのが併右衛門であった。

天明《てんめい》四年（一七八四）殿中で起こった老中田沼主殿頭意次《たぬまとのものかみおきつぐ》の長男山城守意知《やましろのかみおきとも》刺殺につながる事態にはからずもかかわり、身の危険を感じた併右衛門は、剣の遣い手である衛悟にその護衛を頼んだのである。

それ以降衛悟は毎日併右衛門の下城を外桜田門まで出迎えることが日課となった。外桜田門から併右衛門の屋敷までは、小半刻《こはんとき》（約三〇分）ほどの距離である。併右衛門と衛悟は暮れ六つ（午後六時ごろ）まえに帰邸した。

「お戻りなさいませ」

玄関式台に手をついているのは、併右衛門の一人娘瑞紀である。

「では、拙者《せっしゃ》はこれで」

衛悟の任はここまでである。

「ありがとうございまする」

背中を向けた衛悟に、瑞紀がねぎらいの言葉をかけた。

「待て、衛悟。もう少しつきあえ」

併右衛門が止めた。

「お出かけでござるか」

「うむ。着替えるゆえ、少し待て。瑞紀、衛悟に握り飯をだしてやれ。儂は帰ってから夕餉にする」

衛悟を玄関に残して、併右衛門が屋敷へと入った。

「あらあら。ちょっとお待ちくださいませね」

あわてて瑞紀も台所へ駆けていった。

早くに母を失った瑞紀が、立花家をきりもりしていた。

「柊のお次さまよ。まだ、行き先はお決まりではございませぬので」

一人残された衛悟に、顔なじみの中間《ちゅうげん》が問うた。

「ああ」

衛悟は気まずそうに首肯した。

「お次さまは今年でおいくつになられた」

「二十四よ」

「子供の二人もおられていいお歳じゃの」

衛悟が子供のころから立花家に仕えている初老の中間が、歯のない口を開けて笑った。

「どうじゃ、うちのお嬢の婿になられぬか」

「格が違う」

中間のからかいを、衛悟は苦い顔で流した。

併右衛門の立花家も衛悟の柊家も、もとは二百石で同格であった。しかし、立身出世を重ねた併右衛門が立花家を布衣《ほい》格五百石にまで押し上げたのに対し、柊家は三代の小普請組からようやく抜けたとはいえ、将軍家に目見えのできない評定所与力でしかない。

旗本にとって目見えできるかどうかは大きな差であった。

「余蔵《よぞう》、お黙りなさい」

戻ってきた瑞紀が、中間を叱った。

「ほい、怒られたわ」

首をすくめて、余蔵が門脇の小屋へと逃げた。

「お相手になさらぬように」

瑞紀が、玄関式台まで衛悟を招いた。

「このようなところで、申しわけございませぬが」

すまなさそうに瑞紀が山盛りのにぎりめしを差し出した。

「ちょうだいする」

遠慮なく衛悟は、にぎりめしを手にした。腹が減っては戦ができないは真理だと、かつての争いで衛悟は悟っていた。

大きめのにぎりめしをてばやく衛悟は片付けた。そこへ、併右衛門が姿を現した。

「腹は満ちたか」

「いえ。七分目で止《や》めましてございまする」

手に残った米粒をひとつずつ取りながら、衛悟が答えた。

「残り三分は、帰ってきてから食わせてやる。参るぞ」

小袖《こそで》に小倉袴《おぐらばかま》姿の併右衛門が、衛悟をうながした。

「門を閉めてよい。戸締まりは厳重にな。あまり遅くはならぬが、さきに夕餉をすませてよい」

併右衛門が後事を瑞紀に命じた。

「いってらっしゃいませ。お気をつけて」

娘の見送りを背中に聞いて、併右衛門が屋敷を出た。

半間（約九〇センチメートル）後ろにしたがいながら、衛悟が訊いた。

「どちらへ」

「知らずともよい。ただ、そなたは儂を守れ」

併右衛門は衛悟の質問を封じた。

「どちらに向かわれるかぐらいは、教えていただかぬと、こちらの準備に困ります る」

衛悟は抗議した。

剣士の勝負には、腕のほかに二つの要素があった。地の利、ときの利である。

地の利はその名のとおり、戦いの場所をよく知っている方が有利とのことである。ときの利は、日暮れや日中などのことだ。ときの利は、襲うほうによって左右される。人目のないころあいを選ぶのも、夜中におびき出すのも襲撃者の考えしだいなのだ。守るほうとして利用できるのは、地の利だけなのだ。

「曲輪内じゃ」

邪魔くさそうに、併右衛門が告げた。

「お城近くでござるな」

衛悟は苦い顔をした。

天下人が作った江戸は、巨大な城下町であった。戦国の末期に設計された江戸城は、惣構《そうがま》えとして、二の丸、三の丸、武家屋敷や町屋を取りこんでいた。

「まずいか」

併右衛門が問うた。

「大名屋敷が入り組んでいるところは、隠れるところが多ござる」

「言われてみれば、そうか」

歩きながら併右衛門が納得した。

「なれど、いたしかたないであろう。それをどうにかするのは、衛悟、そなたの仕事ぞ。月に二分、禄になおせば十五俵一人扶持《ふち》、伊賀者同心にひとしい。それだけのものをくれてやっているのだ。それに学問のできぬそなたが、なんとかなるのは剣術だけであろう。儂一人守れずして、役にたつか。そのような心構えでは養子先の紹介を考えなおさねばならぬぞ」

「…………」

衛悟は黙って前に出た。不意の襲撃を受けたときの盾《たて》になることにしたのだ。

「越中守さまのお屋敷じゃ」

不服そうな衛悟に、ようやく併右衛門が、行き先を明かした。

越中守とは、白河《しらかわ》藩十五万石藩主で前の筆頭老中松平越中守定信《さだのぶ》のことである。田沼主殿頭意次によって乱れた幕政の立て直しを期待されて、一門から選ばれた。

英明な頭脳と決断力で幕威の崩壊を食い止めたが、急激で厳格なやり方は大きな反発を生み、業なかばで表舞台から退かされた。

権力の座から降ろされた執政の末路は哀れを極める。しかし、吉宗の孫に傷をつけることはできず、松平定信はいまだ幕政に口出しを続けていた。

「門前で待っておれ」

松平家の潜り門を叩きながら併右衛門が、衛悟に命じた。

「承知」

将軍家の一門、かつての老中筆頭の屋敷で堅苦しい思いをするより、春の宵にたたずむほうが、はるかにましと衛悟はうなずいた。

屋敷に入った併右衛門は、すぐに松平定信の居間へととおされた。

「何かあったか」

松平定信が、挨拶《あいさつ》抜きで問うた。

「本日御用部屋へとあがって参りました書付が、少し」

併右衛門も無駄な口をきくことなく、用件に入った。

「申せ」

「はっ。陸奥《むつ》津軽家より、物成り豊《ゆた》かにつき高なおしをとの願いがあがりまして……」

命じられて併右衛門が語った。

「高なおしだと。正気か津軽は」

聞いた定信が驚愕《きょうがく》した。

「表高と実高の差が、いわば大名の余裕。実高に表高をあわせて増やせば、家格はあがるかわりに、幕府お手伝い普請の回数や費用が高くなる。藩士も軍令にしたがって抱えねばならぬし、江戸詰の人数も増やさねばならぬ。実質収入は大幅に減る」

「おおせのとおりでございまする」

併右衛門も同意した。

「しかも理由が豊作だと。飢饉《ききん》で数万の餓死者を出しておきながら……津軽はなにを考えておるのじゃ」

定信が考えこんだ。

「津軽とかかわりあるかどうかはわかりませぬが最近、松前《まつまえ》や南部《なんぶ》からみょうな報告が参っておりまする」

思いだしたように併右衛門が言った。

「申せ」

「異様な形の船が沖合に何度も姿を見せているとのことでございまする」

「異国の船か」

「おそらくは。清《しん》の国の船が赤いのに対し、黒いゆえ、黒船と地元の漁師たちは呼んでおるそうでございまするが」

併右衛門が説明した。

「黒船か。鎖国をして百数十年、庶民どもは将軍家代替わりごとに来る朝鮮通信使しか見たことなどあるまいからの。大名も、いや老中どもも同じ。せいぜい清と、阿蘭陀の名前を知っているていどであろう。しかし、海の向こうには英吉利《イギリス》、葡萄牙《ポルトガル》などいくつもの国がある。それだけではない。それら南蛮の国は我が国よりはるかに大きく、さらに武器なども進んでいるという。黒船は、南蛮のものであろうな」

「南蛮の船が、陸奥に」

今度は併右衛門が息を呑んだ。

「キリシタンでございましょうか」

「それもあろうが、だけとは言いきれぬ。長崎の阿蘭陀商館から送られてきた風説書にも、我が国が門戸を閉じていることの危険が書かれてある。南蛮の国々は、交易の相手を求めて海を渡り、我が国の近海に手を伸ばしているらしい。島嶼《とうしょ》のなかには、武力で征服されたところもあると聞く」

「清国はなにをしておるのでございましょう。清国は朝貢している小国を守る義務があるはず」

併右衛門が訊いた。

「それだけ清国の勢威が落ちているのであろう。長崎へ来る清国の船の数が減っていることは、そなたも知っておろう」

「…………」

無言で併右衛門はうなずいた。

「我が国は四方を海に囲まれておる。江戸もお城近くまで船ならば入ってくることがかなう。海から大筒を撃たれれば、防ぎようがない。そのようなことにならぬようにするには、海防じゃ。北は松前、南部、津軽、南は、鍋島《なべしま》、島津、琉球。土佐《とさ》をいれてもよい。これらは、四方から江戸へ向かおうとする異国の船を見張り、止めるに重要な場所。かと申して、幕府がそれらの大名の領地を取りあげて天領としたところで、海防に使う金がない。ようは、各大名どもに任せるしかないのだ。いわば、これらの大名どもは、徳川の盾。盾にひびが入っては、いざというとき使いものにならぬ」

真摯《しんし》な表情で松平定信が語った。

「南部と津軽の因縁《いんねん》は儂も聞いておる。かつての家臣と見下す南部、いつまで主筋の顔をするかと反発する津軽。津軽が南部より格上となって、見返したいとの思いはわからぬでもないが、高なおしは、あまりに奇妙。ことと次第によっては、津軽をしっかりとした譜代と国替えさせねばならぬ。併右衛門、津軽の意図を調べよ」

「承りましてございまする」

併右衛門は、平伏した。

第二章　新たな火種

一

将軍の一日は判で押したように同じであった。

「もおおう」

明け六つ（午前六時ごろ）にみょうなかけ声で起こされ、洗顔と歯磨きをすませ、大奥に安置されている先祖の仏壇へ礼拝をおこなったあと、御台所《みだいどころ》と挨拶《あいさつ》をかわす。

「おはようございまする。本朝もごきげんうるわしゅう」

京風のおすべらかしに髪を結った茂姫《しげひめ》が軽く頭をさげた。

「うむ。そなたもつつがなくめでたく存ずる」

家斉《いえなり》も挨拶を返した。

天下の徳川将軍とはいえ、大奥では客人あつかいになる。大奥の主人はあくまでも御台所なのだ。

御台所の局《つぼね》に足を運んだ家斉は、上座に陣取る茂姫の正面に腰を落として、供された白湯《さゆ》へ手を伸ばした。

「上様、昨夜はひさかたぶりに内証《ないしょう》を召されたとか。長くお側《そば》にお仕えしておる者をお忘れにならぬお心がけ、茂、いたく感心つかまつりました」

茂姫が嫌みを口にした。

内証とは、家斉が元服前に手をつけた側室のことである。

子供が女に手を出したと表沙汰《おもてざた》にはできなかったことから、側室は内証の方と呼ばれ、ながく日陰の存在とされてきた。家斉が天下の主《あるじ》となり、はばかることがなくなった今も、未《いま》だその呼称が続けられている愛妾であった。

内証の方は、家斉との間に一男二女をもうけていたが、いまだその容色は衰えることなく、寵愛《ちょうあい》は深かった。

「なれど、内証もそろそろお褥《しとね》ご辞退の歳、あまり共寝をなさるのは、外聞もよろしくないと考えまする」

まっすぐに家斉を見て、茂が言った。

褒《ほ》めた振りをしての嫉妬《しっと》であった。

お褥ご辞退とは、数えで三十歳を迎える側室は、閨《ねや》に侍《はべ》ることを遠慮するという大奥のしきたりであった。

もとは高年齢出産による母体と子供の危険を避けるためのものであったが、いまでは別の意味合いをもっていた。

将軍の寵愛がそのまま己《おのれ》や周囲の繁栄と直結する大奥である。どの女もどうやって将軍の気に入られようかと日夜画策していた。そんななかで一人深い寵愛を受けているものがいれば、なかなか己に機会は巡ってこない。そこで、寵愛を断ちきる意味合いとして、お褥ご辞退が用いられるようになっていた。身体《からだ》の触れあいを奪うことで、将軍の関心を別の者へと向けさせるのだ。

もっともこのお褥ご辞退は、御台所には適用されなかった。

「…………」

お褥辞退について、家斉は返答をしなかった。

「今宵《こよい》は御台所のもとで休むとしようかの」

話を家斉は内証からはずした。

「それは……はい。お待ち申しておりまする」

言われた茂姫が頰《ほお》を染めた。

「では、そろそろ表に参るとしよう」

家斉は大奥を出た。

将軍の御座所は中央にある御休息の間である。かつては、もう少し御用部屋に近い御座の間を使っていた。それを五代将軍綱吉《つなよし》のときにあった、御用部屋前で大老堀田《ほった》筑前守正俊《ちくぜんのかみまさとし》が若年寄稲葉《いなば》正休《まさやす》に刺殺されるという事件を受けて、変更していた。

「お毒味つつがなく」

お膳《ぜん》奉行による毒味を終えてようやく家斉は朝食にありつけた。

「また鱚《きす》か」

膳を見て家斉が嘆息した。

将軍の朝食は季節が変わっても同じであった。二の膳が付く豪勢なものであるが、おかずは毎日鱚の塩焼き二匹と決まっていた。

「食べものに否やを口にされるは、人の上にたたれるお方としていかがかと存じまする」

御休息の間に松平越中守《えっちゅうのかみ》定信が、入って来ていた。

「越中守さま、上様朝餉《あさげ》のおり、許しなく伺候《しこう》なさるは無礼ではございませぬか」

小姓組番頭《こしょうぐみばんがしら》が、あわてて松平定信をいさめた。

「よい。そなたが止めたところで、おさまる越中ではないわ」

苦い顔で家斉が、小姓組番頭を抑えた。

「本日もうるわしきご尊顔を拝《はい》し奉《たてまつ》り、越中守恐悦至極《きょうえつしごく》に存じまする」

「ああ、よさぬか。堅苦しい挨拶など聞かされては、よけいに飯がまずくなるではないか」

ていねいな挨拶をする松平定信を、家斉が嫌そうな顔で制した。

「それよりもなんじゃ朝から。越中、おぬしはすでに老中ではない。余から諮問《しもん》にのみ答える溜間詰衆《たまりのまづめ》じゃ。己から政《まつりごと》に口出しするは越権ぞ」

家斉が、咎《とが》めた。

田沼主殿頭意次の秕政《ひせい》を糺《ただ》すためと期待されて老中となった松平定信であったが、あまりに清廉を求めすぎ、多くの者の反発を招いて、寛政《かんせい》五年（一七九三）すべての役職から退かされていた。

その代わり、八代将軍吉宗の孫という血統と、在職中の業績をもって、松平定信には譜代《ふだい》大名最高の栄誉である溜間詰の格を与えられた。

溜間詰の任は、将軍から政について問い合わせがあったときに意見を述べることである。しかし、政に熱心ではない家斉が溜間詰衆を呼びだすことはなく、こうやって定信から出向くのがほとんどであった。

「今朝は政のお話ではございませぬ」

松平定信が苦笑した。

「めずらしいこともあるものじゃ。越中が余に意見以外なんの話があると申すか。食しながらでよければ聞いてつかわす」

「けっこうでございまする。わたくしめが給仕もいたしましょうほどに。そなたたちは下がっていよ」

定信が、小姓組と納戸《なんど》番《ばん》を追いだした。

「どうした」

先ほどまでの嫌そうな顔とはうってかわって、真剣なまなざしで家斉が問うた。

「奥右筆から報《しら》せがございました。津軽にみょうな動きありとのことでございまする」

「津軽だと。北の端ではないか。そのようなところで……お墨付きか」

性欲だけのお飾り将軍と見られていたが、家斉はそのじつ英邁《えいまい》であった。

「朝鮮とのあいだを保つためとはいえ、家光公も要らぬものを残してくださったものじゃ」

家斉が嘆息した。

「で、津軽はなにをしたがっておるのだ。勝手次第のお墨付きを使うとなれば、なまじのことではあるまい」

「ご明察でございまする。どうやら、薩摩《さつま》のまねごとをなしたいようで」

敬意を表して定信が頭を軽く下げた。

「抜け荷か」

定信の言いたいことを、家斉がくんだ。

「はい。江戸に遠い大名はどことも参勤交代の費用に音をあげておりまする。とくに津軽や南部などは、飢饉《ききん》も多く、借財も膨大な金額になっておりましょう」

「起死回生の一手にうって出ると言うか。馬鹿め。国を閉じるは、幕府の祖法ぞ。異国との交易がばれれば当主は切腹、藩は取《と》り潰《つぶ》し。借財で倒れた大名はないが、幕府の怒りに触れて潰された藩は山ほどある。改易となった藩の侍ほど哀れなものはないぞ。禄を失うだけではなく、昨日までの矜持《きょうじ》まで奪われることになる。家財を、刀を手放し、最後は娘を売ることになる。藩さえあれば、生きて行けように」

家斉が怒った。

「なれど、姫を大坂商人に嫁がせ、藩の借財を棒引きにさせた大名はございまする。潰れていないとはいえ、金がないのは首がないのと同じ。このまま藩士たちが明日食べるものもない境遇に落ちていくのを見すごすことはできますまい」

世知に長《た》けた定信が、家斉をなだめた。

「そんな大名もいたのか。公家の娘が大名の妾《めかけ》となっている世じゃ。大名の姫が町人のなぐさみものになるも不思議ではないの。しかし、武士でございと威張《いば》ったところで、とどのつまりは金には勝てぬか」

「人ごとではございませぬぞ。上様。幕府にどれだけの金があるかご存じでございましょうや」

「いくらあるかなどは知らぬ。余が知る必要もない。金のことは勘定《かんじょう》奉行がおる。なれど、金蔵は空ではないが、閑散としていることはわかっておるぞ」

「おそれいりまする」

笑いを含んだ声で応えた家斉に、定信は感心した。

「天下を取った徳川に金がないとなれば、大名たちが裕福なはずはないの。しかし、奇妙なことよ」

家斉が首をかしげた。

「なにがでございましょうや」

「抜け荷をやっておる薩摩の島津、対馬《つしま》の宗《そう》、加賀《かが》の前田《まえだ》、仙台《せんだい》の伊達《だて》。どれをとっても金があまっておるわけではなかろう。すでに国禁《こつきん》に手をつけた連中が儲《もう》かっておらぬのだ。あらたに危険を冒す理由がわからぬ」

お庭番が調べてきた大名たちの実情を、家斉はしっかりと読んでいた。

「抜け荷の相手が他と違うからではございませぬか。どの藩もみな清を相手に交易をしております。しかし、すでに清にかつての威信なく、南蛮諸国に蚕食《さんしょく》されておるのが実情。とても交易で十分な利をあげるだけの船を出す余裕がないとか」

「新井《あらい》白石《はくせき》の記した『西洋紀聞』じゃな。シドッチの調書をもとにしたという。ふむ。余も一度目をとおしておかねばならぬな」

家斉が口にしたシドッチとは、宝永《ほうえい》五年（一七〇八）、六代将軍家宣《いえのぶ》の時代に密行してきたカトリック神父のことである。家宣の懐刀《ふところがたな》、儒学者新井白石が直々《じきじき》に取り調べた。そのおりあきらかになった南蛮諸国を始め諸外国のいろいろなことがらを、のちに新井白石がとりまとめたのが『西洋紀聞』である。

博識で新井白石も舌を巻いたというシドッチだったが、キリシタンの禁令により地下牢に押しこめられ、正徳《しょうとく》四年（一七一四）衰弱死した。

「読みたいと申しても、なかなか出してこぬ」

家斉が嘆息した。

いつの世でも同じだが、天下の主が定まって何代か過ぎると、その座につく者は神へとまつりあげられる。神や仏を信じている庶民への権威付けであり、初代家康が死後神になったのも、世をおさめるのに便利だからである。

こうして徳川将軍家も神と同じようにあつかわれることになった。古来より神は不浄を忌《い》み嫌う。老中たちは、犯罪にかかわることなどを家斉の耳に入れまいとして、政以外は封じていた。

「明日にでも写しをお持ちいたしましょう。ひそかにお読み下さいませ」

定信が笑った。

「春本のようにか」

誘われるように家斉も頬を緩めた。

「話がそれたの。で、津軽はどこと交易をしようというのだ」

「……露西亜《ロシア》」

家斉の問いに、定信が告げた。

津軽藩は江戸からおよそ二百里（約八百キロメートル）の彼方《かなた》にある。参勤交代の行列は江戸まで十八日かかり、その費用は片道数百両におよんだ。表高四万七千石、実高六万石ほどの小藩に、二年に二度の行程は重荷であった。

六万石の実収入は三万石、家臣たちの禄を引いた残り九千石弱で国元と江戸屋敷の費《つい》えをまかなうことはできず、津軽藩は毎年数千両の赤字を産み出していた。

「三郎《さぶろう》、大丈夫なのか」

弘前城《ひろさきじょう》で藩主津軽寧親《やすちか》が不安そうに訊《き》いた。

「ご心配あられるな。万事お任せ下され」

津軽藩国家老神保《じんぼ》三郎がうなずいて見せた。

「薩摩のようすはしかと確認してきたのであろうな」

家老の応えに満足せず、津軽寧親がさらに問うた。

「ご安心あれ、十分に話を聞いておりまする」

藩主より一回り歳上の神保三郎が、しっかりと請けおうた。

「よくぞ教えてくれたの。抜け荷は国禁ぞ。公になれば、いかに最果て薩摩とはいえ、幕府は見逃してくれまいに」

津軽寧親が、感心した。

「間に立つお方がおられましてな。そのお方が委細をお世話下さいましてございまする」

「お方……それは誰じゃ」

他人が話にかかわっていると聞かされて、津軽寧親が眉《まゆ》をひそめた。

「余人ではございませぬ。民部卿《みんぶきょう》さまで」

神保三郎が名前を口にした。

「一橋さまだと申すか」

津軽寧親が絶句した。

「なればこそ、大丈夫だと申しあげたのでございまする。万一我が津軽家に手を出そうものなら、将軍家の父君まで罪に落とさねばなりませぬ。君への忠、親への孝を根幹としている幕府にできようはずは」

薄笑いを浮かべながら神保三郎が語った。

「見せたのか。お墨付きを。奪い取られでもしては、取り返しがつかぬであろう」

驚いて津軽寧親が訊いた。

「はい。と申しましたところで、写しでございまするが。民部卿は、一目見て、津軽のために一肌脱ごうと仰《おお》せくださいました」

「それならば安心じゃ。任せたぞ。三郎。我が家の金蔵に小判が満ちたとき、そなたの嫡子に我が娘を娶《めと》らせよう。一門として藩のいっさいをとりしきらせてくれようほどにな」

「かたじけなきお言葉。どうぞご懸念なく」

誇らしげに神保三郎が胸を張った。

「金さえあれば、津軽の格をあげることもできる。いつまでも南部と同席するなど身震いするほど嫌じゃ」

津軽と南部はともに外様の小藩として江戸城では柳《やなぎ》の間に席を与えられていた。

「露西亜との交易が軌道に乗れば、一万両など一年もかかりませぬ。いや、二万両も夢ではありませぬ。それだけあれば、従四位侍従《じゅうしいじじゅう》にも届きましょう」

「四位か。老中たちと、いや、加賀の前田、薩摩の島津と同じ。五位と四位は天と地ほどの差がある。朝廷へ昇殿できるかどうかの差じゃ。堂々と大広間に座すことができる。ふふふ、南部の悔《くや》しがる顔が目に浮かぶわ」

暗い笑いを津軽寧親が浮かべた。

「柳川《やながわ》の残した書付《かきつけ》、これが津軽を救ってくれることになるとはの。北の果て、流罪に適した領地などと嘲笑《あざわら》われてきたが、こんなところで役にたってくれるとはの」

「はい。宗家もいろいろと尽力くださいました。ああ、と申したところで、江戸城でお会いになられたとしてもご挨拶はご無用でございまする。宗、島津の両家から、深く釘を刺されておりまする。たがいに知らぬ顔で参ろうとの約定《やくじょう》ができておりまする」

神保三郎が、津軽寧親に念を押した。

「承知しておる。余はそこまで馬鹿ではないわ」

不快そうに津軽寧親が答えた。

「そろそろ露西亜《ロシア》の船が沖合に来るころでございましょう。殿、吉報をお待ちくださいますよう」

仰々《ぎょうぎょう》しく礼をして、神保三郎が出ていった。

「分家の出と軽く見おって。きさまら老臣が天明《てんめい》の飢饉《ききん》でどれだけ愚かなまねをしてくれたか、余が知らぬとでも思ってか。交易が順調になれば、藩政を変えてくれる。そのときまで、せいぜい励め」

誰もいない書院に取り残された津軽寧親が、独りごちた。

二

奥右筆《おくゆうひつ》部屋の二階はいままであつかってきた書付が年代ごとに保存されていた。いつもより早めに登城した併右衛門は、一人書庫で津軽の家譜をあさった。

幕府は三代将軍家光のころから、なんどか大名や旗本たちに経歴を出させていた。『寛永《かんえい》諸家系図伝』、『寛政重《ちょうしゅう》修諸家譜』のもととなった書付が、ここにあった。

「津軽は戦国大名ですらないのか」

併右衛門がつぶやいた。

津軽家の祖とされるのは、大浦信濃守政信《おおうらしなののかみまさのぶ》である。陸奥《むつ》の戦国大名南部氏の宿老として代々赤石城《あかいしじょう》を預かっていた大浦氏を世に出したのが、三代右京太夫為信《うきょうのだいぶためのぶ》であった。為信は、主君南部家に先んじて北条《ほうじょう》征伐のため小田原《おだわら》まで来ていた豊臣秀吉《とよとみひでよし》の元へ伺候《しこう》、陸奥津軽領主として認めてもらったのだ。

このとき、南部家は判断を誤った。伊達家が秀吉に辞を低くしていなかったこともあって、秀吉のもとへ行くのが大浦為信より遅れてしまった。

東北の大名たちの帰趨《きすう》があきらかでないときに、小田原からはるか北、津軽の地からはせ参じた為信を秀吉は寵愛した。

もちろん主君であった南部家も黙っていなかった。

しかし、大浦は南部の家臣であり、津軽は南部の所領であるとの主張は秀吉に無視された。

こうして大浦家は津軽地方の大名になった。

「それを機に大浦を津軽とあらためたとある。なるほどな。地名を名字とすることで、代々その土地とかかわりがあり、正当な領主であると見せつけたのか。なかなかの策士だの」

津軽家独立のいきさつに、併右衛門は感心した。

「そのあと、津軽に特筆すべきは……ふうむ。やたら咎人《とがにん》の預かりが多いな」

幕府は罪を犯した大名や旗本を他家に預けることがあった。代表として三代将軍家光の弟駿河大納言忠長《するがだいなごんただなが》を預かった高崎藩安藤家《たかさきあんどう》がある。謀反《むほん》の罪を問われて所領を奪われた忠長を預かった高崎藩では、城中の一室を座敷牢に改造し、きびしく監視した。酒煙草《たばこ》などはもちろん、敷物一つを与えるにも幕府へ伺《うかが》いをたてるなど、忠長を重罪人としてあつかった。髭《ひげ》を剃《そ》りたいと剃刀《かみそり》を求められても、自害を怖れていっさい渡さなかったほど気を遣《つか》った。これほど罪人の預かりは迷惑なものであった。

「どの藩もお手伝い普請同様、嫌がるものだが。……栗原泰芸《くりはらたいげい》、柳川調興《やながわしげおき》、相良清兵衛《さがらせいべえ》、梶川左門《かじかわさもん》と多い」

さらに家譜を読み進めた併右衛門は目を剝《む》いた。

「何度合力を受けておるか。四代信政《のぶまさ》のおりに不作援助として三万俵、七代信寧《のぶやす》にいたっては、地震による城郭破損で四千両、天明三年には一万両が御上より貸し出されておる」

併右衛門は津軽の優遇に驚いた。

「信政など那須《なす》家に実子あるを知りながら、無理矢理三男を養子として押しこもうといたしておる。それを御上は知りながら、閉門ですませた。しかも一年ほどで許されているなど信じられぬ。他家にお家騒動を起こしたのだ。少なくとも減石のうえ転封、場合によっては所領召しあげになってもおかしくはない。ことは、かの五代将軍綱吉さまがときぞ。綱吉さまほどきびしいお方はおられなかったというに。なにかあるな、津軽には」

あまりのことに併右衛門は疑念を強くした。

「これは、ずいぶんとお早い」

いつのまにか、背後にもう一人の組頭加藤仁左衛門が立っていた。

「おはようござる。いや、今朝は不思議と早くに目が覚めましての。屋敷でときをすごすよりは、少しでも御用をこなしたほうがよろしいかと、出て参りました」

ゆっくりと併右衛門は、手にしていた津軽の家譜を棚へと戻した。

「お邪魔でござったか」

加藤仁左衛門が、併右衛門の脇をとおりすぎながら詫《わ》びた。

「いやいや。そろそろ下へ降りねばと思っておりましたので」

併右衛門は、入れ替わりに一階への階段を下っていった。

奥右筆の一日は、明け五つ（午前八時ごろ）に始まって暮れ七つ（午後四時ごろ）までである。決まった中食《ちゆうじき》の休憩はなく、手が空いた者から適時下部屋に退いて持って来た弁当を使うのだ。

「お先でござった」

先に下部屋で食事をすませた加藤仁左衛門が奥右筆部屋へと帰ってきた。

「では、拙者《せつしや》も」

併右衛門は筆を置いた。

奥右筆の下部屋は、納戸御門の近くにあった。

下部屋は、役人が着替えや食事、休憩などをするためのものである。老中には個室を与えられるが、それ以外は数名から役職全員で一部屋を共有した。奥右筆は老中の下部屋に近いが、組頭を含め十六名で一室であった。

「白湯《さゆ》をくれぬか」

下部屋で控えている御殿坊主に併右衛門が頼んだ。

「ご坊主どのよ」

白湯を受け取りながら、併右衛門が声をかけた。

「津軽どのをご存じかの」

「ご先代でございますか」

御殿坊主が問うた。

「ご当代寧親どのはどうだ」

「お旗本津軽さまの跡継ぎさまとしてでございますれば、なんどかお城のなかで拝見いたしましたが、津軽侯としては、まだ」

聞かれた御殿坊主が首を振った。

今の当主寧親は、津軽藩の分家で寄合旗本三千俵津軽左近著高《さこんあきたか》の三男であった。三十二歳の若さで急死した先代信明《のぶはる》に子供がいなかったのをうけ、末期《まつご》養子として跡を継いだのであった。

「では、ご先代と寧親どのについて、教えてくれぬか」

併右衛門が促した。

「教えよと言われましても、ご家督御礼のおりと、月並みご登城のさいにお目にかかるていどで、親しくお話を伺ったわけでもございませぬ」

御殿坊主が困ったという顔をした。

「なんでもかまわぬで、思い出してはくれぬかの」

たってと併右衛門が頼んだ。

「さようでございますな。少しばかりお気弱な。詰間でも、ほかのお大名がたとお話をなさることもなく、お静かでございましたな」

食事といえども刻をかけることのできない奥右筆組頭《くみがしら》である。併右衛門は屋敷から持参した弁当を食べながら聞いた。

併右衛門の弁当は毎日同じであった。味噌《みそ》を塗って焼いたにぎりめしが二つと菜の煮物、浅蜊《あさり》の佃煮《つくだに》と決まっていた。

「そうそう。一度津軽侯のお弁当を拝見いたしたことがございました」

弁当を見て、御殿坊主が手を叩《たた》いた。

「鮭《さけ》の付け焼きと鴨《かも》のつくね、煮卵が入っておりました」

武士の家計が逼迫《ひっぱく》して久しい。千石の旗本といえども、月に二度魚を食することは難しかった。それから見れば津軽寧親の弁当はかなり贅沢《ぜいたく》なものであった。

「ほう、なかなかに豪勢なものでござるな」

聞いた併右衛門が感嘆した。

仕事はなくても、登城日になれば、大名たちも、朝から夕方まで江戸城に詰めていなければならなかった。

江戸城内では白湯以外自弁が決まりである。大名たちはそれぞれ弁当を用意して来るのだ。

役人たちも同じであるが、大きな違いは下部屋の存在であった。

役職ごとに与えられる下部屋で食事ができる者たちは、他人の目を気にすることなく弁当を使うことができる。しかし、大名たちはその場で弁当を開かなければならないため、周囲を意識せざるを得ないのだ。

泰平の世で大名たちが競うのは、日常のささいなことになった。持っている印籠《いんろう》の造り、煙管《きせる》の彫り、扇子《せんす》の絵などに大名たちは千金を投じた。

その一つが弁当であった。

そのもとは、戦国の気風が残った寛永のころまでさかのぼる。

まだ江戸城での規範も厳しくなく、大名たちは気に入った場所で昼飯を摂《と》り、国元の名産を自慢しあったのが始まりである。

それがときを経るうちに競争になっていった。

器の比べあいですんでいたころはよかった。やがて競争は弁当の内容へと変化していった。

「今日の副菜は好評であったぞ」

「なんじゃあれは。諸侯に笑われたわ」

下城してきた大名たちは、その日の結果で台所役人を褒め、叱《しか》った。

「八百善に作らせましてござる」

やがて名のある料亭に弁当を調製させる大名が現れた。弁当一個に数十両かけることも珍しくなくなった。

「無駄な費《つい》えは好ましからず」

幕政改革を任として登場した八代将軍吉宗が悪弊と断じ、豪華すぎる弁当は禁止された。といったところで、吉宗の改革はその死とともに終わりを告げ、禁令は形骸となった。しかし、いまでも表向き奢侈《しゃし》は許されていない。

「目付《めつけ》が見張っておるであろうに」

併右衛門は我が質素な弁当を見た。

大名たちが格に応じて座る部屋には、目付が一人必ずついた。部屋の見渡せる片隅で、微動だにせず、大名たちの行動会話に目を光らせていた。

食事時も離席することなく、目付は大名たちの弁当まで監視したのだ。

「よく咎められなかったの」

「津軽侯と南部侯のことは、目付衆も見て見ぬふりをなされますので」

おどろく併右衛門に御殿坊主が語った。

「なるほど、因縁《いんねん》か」

併右衛門が納得した。

津軽と南部の揉《も》めごとは、二百年近いときを経ても続いていた。

豊臣秀吉が作り、家康が認めた争いの原因だけに、誰も仲裁することができなかった。いわば幕府公認で両家は諍《いさか》いを続けていた。

「子供の喧嘩《けんか》じゃな」

にぎりめしを頰ばりながら、併右衛門が笑った。

「南部侯のお弁当も見られたか」

「……はい」

御殿坊主が、頬をひきつらせた。

「まったく同じでございました」

思い出した御殿坊主が笑った。

「考えたの」

併右衛門が感嘆した。

いかに黙認されているとはいえ、あまり派手な喧嘩をしては、ほかの大名へのしめしもつかない。当主が弁当のおかずの自慢でもめて藩が潰れましたでは、あまりにみっともないと、留守居役《るすいやく》たちが裏で調整したのだ。

「さて、仕事に戻らねば。お世話になり申した」

御殿坊主に礼を述べて、併右衛門は弁当を片付けた。


道場から帰ってきた衛悟は、兄賢悟に呼ばれた。

「衛悟、ちょっと来い」

台所脇四畳半の自室に稽古《けいこ》道具を置いた衛悟は、兄の居室である書院へ向かった。

「御用でございますか」

兄弟とはいえ、当主と厄介では天と地ほどの差があった。衛悟は、書院に入らず、廊下に手をついた。

「うむ。入れ」

兄に許されて初めて、衛悟は書院に膝《ひざ》を進めた。

「立花どののお供は続けておるようだな」

まず賢悟は、併右衛門との関係を確認した。表向き軽い身分ではあるが、老中と親しく話のできる奥右筆組頭の権限は大きい。三代にわたって隣家としてのつきあいがあるとはいえ、併右衛門は気を遣わなければならない相手であった。

「はい。本日もお迎えに参ることになっておりまする」

衛悟は首肯《しゅこう》した。

「それは結構なことだが……」

窺《うかが》うように賢悟が衛悟を見た。

「養子先のお話はどうなっておる」

最初衛悟を借り出すときに、併右衛門は月二分の手当と養子先の斡旋《あっせん》を条件として出していた。あれからかなりのときが経《た》っている。賢悟はそのことを問うた。

「いまだに」

少しうつむき加減で衛悟は首を振った。

「そうか。立花どのもお忙しいであろうからの」

賢悟がため息をついた。

「さて、衛悟。養子のことであるが、じつは一つ儂《わし》のもとに話が来ておるのだ」

「養子の口がでございますか」

思わず衛悟は大きな声を出した。

兄が家を継いだ後残っている弟ほどあわれな者はなかった。武家で当主以外は家臣と同じである。婿《むこ》でも養子でも当主にならなければ、武士として一人前にはあつかわれなかった。

「うむ。前は商家であったが、今度はちゃんとした武家ぞ」

誇らしげに賢悟がうなずいた。

「小普請支配北田能登守《きただのとのかみ》組内の新内兵庫《しんないひょうご》どののじゃ。禄は三百石。屋敷は本所深川《ほんじょふかがわ》じゃ」

「三百石でございますか」

ぐっと衛悟が腰を浮かせた。柊家の二百石よりも多い。お目見え以上の養子となれば、申しこみはいくらでもあった。それこそ一千石のお歴々が息子をもらってくれと言ってくることもある。とても格下の、それも昌平黌《しょうへいこう》で名をなしたわけでもない剣術遣いのところに来ていい話ではなかった。

「不思議か」

　衛悟の態度に賢悟が気色ばんだ。

「二百石とはいえ、柊家は三河以来の旗本。大名となった酒井《さかい》どのや榊原《さかきばら》どのと戦場で共に命をかけて参った家柄である。どこから話が来てもおかしくはない」

「いえ、あまりの厚遇に驚いただけでございまする。決してご先祖さまの功になにか申そうなどとは思ってもおりませぬ」

　あわてて衛悟が否定した。

「ならばよい」

　賢悟がおさまった。

「養子ということでございましょうか」

　あらためて衛悟が訊いた。

「いや、新内どのには娘御がおられる。一度婿をとられたのだが、三年ほどで亡くなられたとのこと。あと、今年七歳になる息子がおるそうじゃ」

　詳細を賢悟が述べた。

「七歳ならば、家督を継げるのではございませぬか」

増えすぎる浪人に困り果てた幕府は、幼少の主君は認めずとの方針を転換していた。元服をすませていなくとも七歳になれば、家督相続を許すようになっていた。

「ふむ」

一瞬、考えこんだ賢悟が、話を続けた。

「そのことなのだが、奥右筆部屋から相続願いが返されてくるのだ」

「それは奇妙な。金でございますか」

武家にとって相続は当たり前のことであった。それでもすべて銭が支配する世となった今、幾ばくかの金を奥右筆や組頭に撒《ま》かないとことが回らなくなっている。衛悟は新内家が金をけちったのではないかと危惧《きぐ》した。

「それはないとのことだ。組頭にも奥右筆にも慣例とされているだけの金は渡したが、返されてくるという」

賢悟も首をかしげた。

「そこで新内家では、新たに子を作ってくれる婿を求めておるのよ」

「種馬でございますか」

当主として役目に就くのを求めているのではなく、子供を作ることだけを望まれての婿入りは、さすがに衛悟でも忸怩《じくじ》たる思いであった。

「贅沢《ぜいたく》を言うな。当主となれるのだぞ」

不満そうな弟を賢悟が叱った。

「娘御はおいくつでござろうか」

年齢を衛悟は問うた。

「今年で二十六になるそうじゃ」

「二つ上」

「歳上の女房は金の草鞋《わらじ》で探せというぞ」

賢悟が笑った。

「はあ」

「よい話ほど邪魔が入るという。吉事は急げともな。さっそく明日の昼八つ（午後二時ごろ）、新内どのがお屋敷に参上せよ」

「明日でございますか。それも本所深川となれば、立花どののお迎えに間に合いませぬ」

あまりに早い進行に衛悟は息を呑《の》んだ。

「このお話が決まれば、そなたは新内家の当主となるのじゃ。用心棒を続けるわけにはいかぬ。申しわけないことながら、お断り申すしかあるまい。今夜中に話をしておけ」

「わたくしがでございますか」

衛悟は苦い顔をした。

「当たり前じゃ。雇《やと》われておるのは、衛悟、そなたぞ」

大きな権限を持つ奥右筆組頭の機嫌を損ねるのは、賢悟も嫌なのだ。都合の悪いところを衛悟に押しつけた。

「わかりましてございまする」

武家で当主の命《めい》は絶対である。衛悟は立ちあがった。

「立花どののご気分を害さぬように、十二分に言葉を吟味《ぎんみ》するのじゃぞ」

賢悟が念を押した。


下城時刻を迎えた外桜田門は、いつものように役目を終えた旗本たちで混み合っていた。衛悟は出入りを見渡せる位置で併右衛門を待った。

めずらしく併右衛門がほかの役人たちと一緒に門から姿を現した。

「お早い」

「たまには、明るいうちに帰れることもある」

感嘆する衛悟に、併右衛門が苦笑した。

同じ方向へ歩いている役人たちも辻《つじ》ごとに減り、福岡黒田五十二万石の中屋敷を過ぎるころには、二人の前後に人影がなくなった。

「立花どの。お話がござる」

衛悟がきりだした。

「なんじゃ」

「じつは養子の口がございまして」

「ほう。それはめでたい」

聞いた併右衛門が祝いを述べた。

「まだ決まったわけではございませぬが、明日、向こうへ顔出しに参りまする。つきましては、今宵をもちまして、立花どのの警固《けいご》の任を辞させていただきたいと」

「ふうむ。無理のない話であるが……相手は誰じゃ」

辞めたいという衛悟を止めず、併右衛門が問うた。

「小普請組三百石新内兵庫どのでござる」

「三百石、新内か」

併右衛門が足を止めた。

「本所深川の新内だな」

「と聞きましてござる」

確認に衛悟は首肯した。

「ご存じか」

「ああ。なんどか家督相続願いがあがってきていたゆえな」

すべての書付に目をとおす組頭として、併右衛門は書付を見ていた。

「突っ返されているとのことでございまするが」

よけいなことと知りつつ、つい衛悟は訊いてしまった。

「理由は言えぬ。されど、新内家の家督が許されることはない。衛悟、そなたが養子に行き当主となってもな」

併右衛門が冷たく言い捨てた。

「どういうことでござる。なにか新内家に咎でも」

「ないの。ただ、新内家が納戸筋でなければ、番方であればよかったのだが。お役に就くとき将軍家のお側が慣例の家柄が不幸であった。これ以上は言えぬ。衛悟、新内家はやめておけ」

「理由をお教えいただかなければ、兄を説得できませぬ」

賢悟にしてみれば、実家より石高の多いところへ弟を出せる機会など滅多《めった》にあることではない。なんとしてでも縁組みを実現したくて当然であった。

「賢悟どのには、新内家には内々で疵《きず》があり、当代で絶家と決まっておると伝えればいい」

「まことに……」

「嘘ではない」

話は終わったと、併右衛門が歩きだした。

「…………」

「心配するな。そなたの養子先は探してある」

不服そうに少し後ろへと下がった衛悟へ併右衛門が声をかけた。

「儂が奥右筆組頭の任から身を退くときにはな」

続いた小さな併右衛門の囁《ささや》きは、衛悟の耳に届かなかった。

三

津軽藩とロシア船の交易は無事すんだ。ロシア側は絵画や緞通《だんつう》を出し、津軽藩は焼きものと反物を渡した。

ロシア側から得た商品のなかでもっとも豪奢《ごうしゃ》な緞通を八つに分割した津軽藩は、その一つと百両をもって伊丹屋の寮へ一橋治済《はるさだ》を訪ねた。

「うまくいったか、それは重畳《ちょうじょう》」

津軽藩江戸家老大浦主膳《しゅぜん》を、治済がにこやかに迎えた。

「おかげさまをもちまして」

大浦主膳が深く頭を下げた。

「お墨付きがあるではないか。三代家光公が許された一度かぎりの勝手次第が。これは津軽藩の正当な要求である。余は少しだけお手伝いをしただけじゃ」

差しだされたものを、治済が受けとった。

「いえいえ。御前さまのお力添えなくば、交易などしたこともない我ら、右も左もわからず、露西亜の商人どもによいようにされていたでございましょう。御前さまが薩摩侯と対馬侯に口をきいてくだされればこそ、交易のやり方も、相場も知れました」

卑屈な笑みを浮かべながら、大浦主膳がいっそう額を畳《たたみ》に押しつけた。

「そう言うてくれれば、余も骨折りの甲斐《かい》があったというものじゃ。それにしてもよく、始めに余のもとに参ったの」

「交易を願うとなれば、すでに実績のある薩摩島津侯と親しく、御用部屋も動かすだけのお力をお持ちである民部卿さましかおられませぬ」

大浦主膳が述べた。

「そうかそうか」

満足そうに治済が首肯した。

「交易の利は儲《もう》けだけにあらずぞ。南蛮にしかない新式の武器を手に入れることもできる。そうじゃ、津軽は南部より強くなる」

「南部より我が藩が強くなる……そう、そうでございますな」

喜色を大浦主膳が浮かべた。名前の通り大浦主膳は藩祖大浦為信の血を引いている。南部の圧力に怒りをもっていた。

「ところで主膳よ」

「はっ」

不意に治済の声が重くなった。

「お墨付きは表沙汰《おもてざた》にできぬものよな」

「さようでございまする。三代家光さまのお名前が記されておりまするが、花押《かおう》はございませぬ。代わりに老中松平伊豆守さまのご署名と花押が入れられてございまする」

問われて大浦主膳が答えた。

「あとでいくらでも言いわけのできるようにしてあるのだの。小知恵の回る伊豆守らしいことじゃ」

薄く治済が笑いを浮かべた。

「正式なものでない書付の記録はない」

「はい」

「奥右筆の一人が、津軽どのに疑念をいだいたようじゃ」

治済が告げた。

「奥右筆がでございますか」

江戸家老ともなると、奥右筆が身分以上の権力をもっていると知っている。大浦主膳が眉《まゆ》をひそめた。

「上様には、余からお話し申しあげるからよいとしても、ほかの老中どもは納得いたすかの、とくに退いたとはいえ、あの松平越中守は難物ぞ。奥右筆のあげてくる報告こそ、真実と思いこんでおる連中じゃ」

「津軽が抜け荷で咎められると」

「……おそらくな」

大浦主膳の確認を治済が肯定した。

「いかがいたせば……」

「気づいておる奥右筆はただ一人。組頭の立花併右衛門」

どうしろと言うことなく、治済は併右衛門の名前をあげた。

機嫌のいい治済のもとから下がった大浦主膳は、夜の江戸を歩きながら独りごちた。

「交易の利は金だけではないか。次は新式の鉄砲を売らせるか。火縄銃など足元にもおよばぬ新式鉄砲が手に入れば、南部を滅ぼして陸奥一国を支配することも……。家光さまのお墨付きさえあれば、幕府もこれを認めてくれよう。ふむ。さすれば、功績の第一は儂じゃ。万石をこえる禄を望めよう」

大浦主膳が暗い笑いを浮かべた。

「儂の、いや津軽の夢を果たすための邪魔は取り除かねばならぬ」

きびしい表情で大浦主膳が言った。

「嫌な感じじゃな」

帰途の暗闇に過去の襲撃を思い出した併右衛門が、衛悟に語りかけた。

「まさに」

過去ではなく、現実のものとして衛悟は応えた。

「どうした。まさか……」

衛悟の変化に併右衛門の顔色が変わった。

「わたくしの後ろに」

併右衛門を制して衛悟が前に出た。

「お疲れのところをすまぬな。奥右筆組頭立花併右衛門どのだな」

残照を背に一人の浪人者が声をかけてきた。

「人違いだ」

併右衛門を抑えて衛悟が答えた。

「そうか。失礼した。と言うわけなかろう。こちらも調べておるのだ」

「ならば訊く必要はないな」

最初から衛悟は浪人を怒らせるようにしむけた。

「声を出した段階で、きさまの任は破綻《はたん》したのだ」

衛悟はつきはなした。

「拙者の意図がわかっているというのか」

浪人が目を見開いた。

「初対面の相手をこんな暗がりで待ち受けている。となれば、刺客と見るのが当然であろう。それがどれほど間の抜けた奴であろうとも」

「それはそうだの。だが、まだ太刀も抜いておらぬのに、失敗とはどういうことだ」

「利を捨てたからだ」

衛悟は語りながら相手を見極めていた。

「無駄な確認をせずに、いきなり斬りかかれば、拙者は間に合わなかったかも知れぬ。おぬしは待ち伏せしていた意味を失った」

「なるほど。されどそれは、貴公が拙者にかなう場合の話よな」

話しながら浪人が近づいて来た。

「刺客としてのいろはもわからぬ者に、負けるはずなかろう」

わざとらしく衛悟は笑った。

「若いの。口のききかたを知らぬにもほどがある」

柄に手をかけた浪人が、衛悟を睨《にら》んだ。

「身のほどを教えてやろう」

浪人が太刀を抜いた。

「衛悟」

併右衛門が、不安げに呼んだ。

「お任せあれ」

振り返ることもなく、衛悟が応えた。

「若造と歳寄り。二人をやるだけで二十両。悪くない」

下卑《げび》た笑いを浪人が浮かべた。

「二十両とは、けっこうな額だ。それだけのものを出せるのは誰だ」

衛悟の背後から併右衛門が顔を出した。

「知らぬ。拙者は請け人から仕事を預けられただけだ。誰の頼みかなど知らぬ。第一、今から死ぬ者が知ってどうするのだ。冥土《めいど》に心残りを持っては行けぬぞ」

「二十両も墓にはもちこめまい」

言いながら衛悟も太刀を鞘走《さやばし》らせた。青眼ではなく、いきなり一天の形にとった。

衛悟の構えを見た浪人者が足を止めた。

「みょうな格好じゃの」

浪人者は青眼に太刀を置いた。

「涼天覚清流、柊衛悟」

重い声で衛悟は名のった。

「一刀流、お先真っ暗」

浪人者があからさまな偽名を告げた。

「無縁仏を選んだか」

併右衛門が、嘆息した。

「やれやれ、このような輩《やから》とつきあうことになるとは、一年前に思いもしなかったわ」

たった一枚の書付が、併右衛門と衛悟の人生を変えた。

「立花どの。よろしいか」

衛悟は、浪人者の命を奪うことを告げた。

「うむ。金で人の命を奪うような輩じゃ。生かしておいては、もっと悪事をなすであろう。夜盗よりもたちが悪い」

刺客としてではなく、強盗としてあつかえと併右衛門が命じた。

奥右筆組頭が刺客に襲われたとなれば、目付や徒目付《かち》の探索を受けることになる。

幕臣の非違《ひい》をあらためるのが役目の目付たちは、奥右筆組頭が狙われた理由を洗いざらい探り出そうとする。痛くない腹を探られるどころの話ではない。それこそ何代にもさかのぼって調べあげるのだ。ただ襲われただけの被害者が、明日には評定所に座らされる。諸大名や役人たちからの付け届けが本禄の数倍もある奥右筆組頭の役職を失いたくない併右衛門は、なんとしてでも目付の介入を避けたかった。

襲い来たのが夜盗ならば、目付ではなく町奉行所の管轄《かんかつ》となり、併右衛門に傷がつくことはなかった。

「勝つつもりか」

衛悟と併右衛門の会話を聞いていた浪人者があきれた。

「順番ではないが、きさまから死ね。先にいって年寄りの手を引いてやれ」

浪人者が太刀を下段に変え、一気に間合いを詰《つ》めてきた。

「衛悟」

始まった戦いに併右衛門が大声をあげた。

「…………」

あわてることなく衛悟は機を待った。

四間（約七・二メートル）の間合いが二間（約三・六メートル）になったところで、浪人者が太刀をすくうように撃った。駆けてきた勢いをのせた切っ先は見事な伸びを見せた。

「ぬん」

腰を据《す》えて衛悟は一天の太刀を落とした。

一撃の疾《はや》さで涼天覚清流《りょうてんかくしんりゅう》にまさるものはなかった。太刀の重さも加えた衛悟の一刀は、浪人者を上回った。

「なっ」

浪人者が大きく目を剝《む》いた。しかし、動き出した太刀は止められなかった。

金属を打ち合わす鋭い音がして、浪人者の太刀が弾《はじ》かれた。

「わあぁ」

衛悟に身を差しだす形となった浪人者が悲鳴をあげた。

「…………」

しっかりと手の内を締めていた衛悟の刀は揺らぐことなく、二撃へと移った。

「ま、待て」

得物を失った浪人者が両手を突きだして、衛悟を止めようとした。

「おう」

ためらうことなく、衛悟は下から上へと太刀を返した。

抵抗なく衛悟の太刀は天を指した。

「えっ。生きてる」

残心の構えをとる衛悟を見ながら、浪人者が驚愕《きょうがく》した。

「生きてるといえるのかの」

落ち着いた声で併右衛門がつぶやいた。

「両腕を失っては刺客はできまい。無頼に染まったそなたはこれからどうやっていくつもりじゃ。面倒見てくれる者でもおるのかの」

併右衛門が哀れみの目で見た。

「なにを言ってやが……うわあ、手が、手があぁ」

ようやく両手がなくなったことに浪人者が気づいた。

「参りましょうか」

ていねいに太刀を拭《ぬぐ》った衛悟は、併右衛門をうながした。

「うむ」

なくなった肘《ひじ》から先を抱えあげようと必死にあがく浪人者を大きく迂回《うかい》して、併右衛門と家士、中間《ちゆうげん》が屋敷へと進み始めた。

屋敷の門が見えてきたところで、無言だった併右衛門が、口を開いた。

「一撃で殺してやるのが、情けであろう」

「はあ」

はっきりとした返事を衛悟はしなかった。命を奪わずにすんだことへの安堵《あんど》と、生かしておいてよかったのかとの懸念が、衛悟を迷わせていた。

「あれでは刺客としてはもちろん、無頼を看板に生きていくこともできまい」

「…………」

「なれど、あれでいい。殺してしまっては後始末の手間がかかる。歩くことができれば、なんとかかねぐらまで帰るであろう。どうせ助かるまいが、そこで死ぬぶんには、儂となんのかかわりもない。衛悟ご苦労であった」

「では」

褒めたのかけなしたのかわからぬ併右衛門に別れを告げて、衛悟も屋敷へと帰った。

お先真っ暗と名のった浪人者は、本所の香具師《やし》をまとめる金羅漢《きんらかん》の八蔵《やぞう》の配下であった。

「先生、情けない姿でござんすねえ」

なんとか八蔵の家までたどり着いた浪人者は、そこで動けなくなった。

「すまぬ」

奥の間で寝かされた浪人者の顔色は紙のようであった。

「やれやれ、大浦さまにどう申しわけすればいいんでやしょうねえ」

八蔵が嘆息した。

「あいつは強い。人を斬ったことがあるぞ」

浪人者が伝えた。

首を小さく振りながら、八蔵が立ちあがった。

「まあ、繰り言は一文にもなりゃあしません。先生はゆっくり養生なさってください。おい、あとは任せたよ。おい源太《げんた》。一緒にきな」

残った配下に命じて、廊下へ出た八蔵が、ついてきた源太に小声で伝えた。

「医者代を使うなよ」

「承知しておりやす。顔を潰して土手の道哲《どうてつ》に投げこんでしまえば、わかりゃあしやせん」

源太が答えた。

土手の道哲とは、浅草からほど近い日本堤にある寺のことだ。もともと吉原《よしわら》の名太《めいだ》夫高尾《ゆうたかお》の馴染《なじ》みであった道哲が、供養もまともにされない遊女たちのために建てた庵である。

道哲庵は、人別もなく引き取り手のない遊女や吉原遊郭で働く男たちの末期場所として有名であった。庵のすぐ側に大きな穴が掘られていて、そこに死んだ遊女たちが裸で捨てられる。道哲庵というより、投げ込み寺と呼ばれることが多かった。

「任せたぜ。しかしことはあの野郎の始末だけですまねえ。すでに前金を受けとっちまったからなあ。できやせんでしたでは許されねえ。大浦さまには金を返して詫びればいいかもしれねえが、失敗したとの評判はまずい。次第によっちゃ、この金羅漢の八蔵、浅草で道を歩けなくなる」

「……わかっておりやす」

ゆっくりと源太が首肯した。

「おまかせを。大浦さまへのお詫びはもう少しお待ちください」

「手があるのか」

「剣術遣いに剣術遣いを当てるから、こんなことになるんで。人を殺すに勝負を仕掛けるようじゃ、どうにもなりやせん。どんなことをしても相手を殺せばすむ話でやす」

源太が笑った。

「頼んだぜ。うまくいったときは、博打場《ばくち》を三つ任せてやろう」

八蔵が源太の肩をたたいた。

源太は八蔵の家からまっすぐ本所水路沿いへと向かった。

「おい、矢一《やいち》はいるかえ」

表通りをはずれた裏長屋の一軒に源太は声をかけた。

「寝たばっかりだというのに誰でえ……源太の兄貴じゃござんせんか」

すでに夜具にくるまっていた男が、目をこすりながら出てきた。

矢一は、両国橋《りようごくばし》の袂《たもと》、垢離場《こりば》近くの広場で、弓の曲撃ちをおこなう大道芸人である。目隠しして十間（約一八メートル）先の的を射ぬいてみたり、同時に二つの矢をつがえて撃ったりして投げ銭をもらう。

「寝ているところをすまねえが、頼みがある」

「頼みでやすか」

はっきりしていなかった矢一の瞳が光った。

「何人で」

「旗本二人だ」

人数を告げた源太が、袂から小判を四枚出した。

「半金だ」

「八両でやすか。侍相手には、ちと安くござんせんか」

小ずるそうな目で矢一が小判を受けとった。

「うまくやってくれれば、もう少し色をつける」

苦そうな顔で源太が応えた。

「へい。いつまでに」

「明日の夕刻に頼む」

訊いた矢一に源太が告げた。

「ずいぶん、急ぎでやすねえ」

矢一が驚いた。

「さっき、真っ暗の旦那が挑んで両手をやられた。若い侍はかなり遣う」

浪人から聞いた話をそのまま源太が伝えた。

「お先真っ暗の旦那が。そいつは剣呑《けんのん》で」

口調とは別に矢一はいっこうにせっぱ詰まっていなかった。

「まあ。おめえの弓は、刀の届かないところから撃つからな」

源太も笑った。

矢一は、源太子飼いの暗殺者でもあった。

「任せたからな」

「へい」

矢一が首肯した。

翌日、矢一はいつものように大道芸を終えてから麻布簞笥町《あざぶたんすまち》へ行った。大道芸は日のかげるまでが商売である。太陽が傾いて見えにくくなれば、人は寄ってこなくなった。

「ここらがいいかな」

矢一は一軒の武家屋敷に目をとめると、すばやくその塀《へい》の上にのぼった。

「旗本で役付となると、供もいやがる。それらも始末しなきゃいけねえ。となると数撃ちがいる」

矢一は懐《ふところ》から折りたたんだ竹を取りだして弓を組み始めた。矢一が手にしたのは半弓よりまだ小さなものであった。大弓ならば遠くても射殺せるが、二の矢を放つまでにときがかかる。これでは、一人倒したあとに二人目に逃げられてしまう。

矢一は遠い間合いからの一撃をあきらめ、射程は短いが速射のきく半弓を得物に選んだ。

「来やがった」

併右衛門と衛悟の姿が、矢一の目に入った。

「必殺を狙うなら八間（一四・四メートル）だな」

矢一は、衛悟の胸に狙いを定めて待った。

戦場のように殺気に満ちている場で飛んでくる矢をかわすことは難しいが、泰平の江戸ではわずかな気配でも目立つ。十間のところで衛悟が殺気に気づいた。

「わたくしの後ろに」

急いで衛悟は併右衛門を後ろにかばった。大柄な衛悟が前に立てば、併右衛門は完全に隠れた。

「ちっ」

急いで矢一が矢を放った。

矢はまっすぐ衛悟に向かった。

「間に合わぬ」

抜く間がないと悟った衛悟は、左手で鞘《さや》ごと太刀を突きだした。甲高《かんだか》い音がして、矢が柄に当たった。

「くっ」

すでに矢一は二の矢をつがえていたが、必中の一矢が止められたことに焦《あせ》って一拍放つのが遅くなった。

「そこか」

矢の飛んできた方向から、矢一の場所を衛悟は見抜いた。

「はあっ」

衛悟は駆けた。すでに併右衛門は中間たちの後ろに隠れている。

「わ、わあ」

すさまじい疾さで駆けてくる衛悟に、あわてて矢一が矢を放ったが、狙いがぶれてかすっただけに終わった。

「おうりゃああ」

走りながら抜きはなった太刀を大きく振りかぶって衛悟は跳んだ。

衛悟の太刀は塀の上にいた矢一の胴を左から右へと断ち割った。

「ぎゃ」

断末魔の悲鳴を残して、矢一が塀の内側へ落ちた。

「すぐにこの屋敷の家人に報せて」

表に回ろうとした衛悟を、併右衛門が止めた。

「待て。このまま放っておけ」

「それは……」

「我らが弓に狙われたと教えるつもりか。それに死んだのであろう、あやつは」

「腹を裂きましたので、助からぬかと」

訊かれて衛悟が述べた。

「ならば、それでいい。死人に口なしじゃ。黙っておれば我らの名前が出ることはない。変死体は屋敷でひそかに処理するであろう。この家も目付や町奉行に探られたくはないであろうからの。参るぞ」

連日の襲撃に麻痺《まひ》したのか、併右衛門は平然と歩きはじめた。

「は、はあ」

あわてて衛悟もあとに続いた。

矢一の長屋で待っていた源太は、五つ（午後八時ごろ）になっても矢一が戻ってこないことで失敗を悟った。

「まずいな。矢一はおいらの切り札だったんだが……」

源太は暗がりでつぶやいた。

「これ以上、おいらの手下を減らしたんでは、あとあとに響く。しかたねえ。あいつを利用するとするか。おっとその前に、死人にいるのは六文だけ。小判は必要ねえ」

源太は矢一に渡した前金を探り当てると、長屋を出た。

源太はその足で自宅へと帰った。

「早いじゃないか」

奥から小袖《こそで》を着崩した年増女が出てきた。

「お美津《みつ》、すぐに出かけるが、ちいと人を呼んできてくれねえか。三島《みしま》の喜作《きさく》を」

「いいのかい、三島のは、兄貴分を刺して、親分さんから縁切りされたはずだよ」

美津が止めた。

「今回は三島の度胸が必要なんだ。いいから、呼んでこい」

しぶしぶ美津が出て行った。

「珍しいじゃねえか。おめえがおいらを呼ぶなんてよ」

すぐに喜作がやってきた。

「親分の勘当《かんどう》を解いてやろうと思うんだが」

源太は前置きなしで話し始めた。

「ほう。どういう魂胆でえ」

疑わしい目つきで喜作が見た。

源太と喜作は八蔵の配下で双翼と言われていた。どちらかが次の代貸しと見られていた二人に大きな変化が現れたのは、二ヵ月ほど前であった。

博打場を任せる任せないで前の代貸しと揉めた喜作は、頭に血が上った勢いで相手を刺してしまった。

やくざにとって、下克上は許されなかった。代貸しは親分の代理である。喜作は金羅漢の八蔵一家を破門された。

破門されたやくざほど哀れな者はなかった。もとの一家に遠慮して、どこのやくざも破門された者を拾ってはくれない。

それ以降喜作は、家から出ることもなく、毎日酒に浸《ひた》っていた。

「魂胆かい。ないわけねえだろ」

あっさりと源太は裏を話した。

「なるほどな。おいらを道具にして、代貸しの座を手に入れようというわけか」

喜作が怖い顔をした。

「だが、おめえも帰ってこられるんだぜ。三島の、このまま腐ってもいいのか。いつまで女房の稼ぎで生きていくつもりだ」

源太が、言った。

「……借りにはしねえぜ」

「貸すつもりもねえよ」

喜作の言葉に源太が返した。

「わかった。その若い侍をやりゃあいいんだな。なら、二人ばかり役立たずを用意してもらおうか」

仕事の話に喜作がうつった。

「役立たずでいいのかい」

「ああ。頭のいいやつは壁にならねえ。逃げることを忘れねえからな」

喜作が告げた。

「わかった。今日中におめえの家に行かせる。で、いつやるんだ」

「わからねえ。じっくりと策を練らねえとな。なにも考えずに突っこむのは、馬鹿のすることだ」

三島の喜作は痛い思いをして変わっていた。

「なるほどな。だが依頼のお方は急いでおられる。あんまりゆっくりは困るぜ」

直接会ったことはないが、源太は大浦の噂《うわさ》を聞いていた。江戸家老でありながら、浅草の地回りに顔が利くというだけで一筋縄でいかないと知れる。

「依頼は誰でえ」

「それは、おめえの知ることじゃねえ」

きっぱりと源太が拒絶した。

「そうかい。だが、おいらが戻ったら、すんなりおめえに代貸しはわたしゃしねえぞ。覚悟しておけ」

捨《す》て台詞《ぜりふ》を残して喜作が出て行った。

「出かけてくるぜ」

見送った源太が着替えを美津に命じた。

「どこへ行くんだい」

美津が手伝いながら訊いた。

「黙って見てな。今年中におめえを代貸しの女房にしてやる」

言い捨てて源太が家を出た。

「ふん。女房にはああ言ったが、代貸していどで満足する俺じゃねえ。この浅草の縄張り全部をものにする絶好の機会だ」

源太はその足で津軽藩下屋敷へと向かった。

津軽藩の下屋敷は本所大川端《ほんじょおおかわばた》にあった。

「こりゃあ、源太の兄ぃ」

勝手に潜《くぐ》りを開けて入ってきた源太を津軽家の中間が出迎えた。

ご多分に漏《も》れず、津軽家の下屋敷も夜となれば博打場に変じた。その津軽の博打場をしきっている中間頭《がしら》は八蔵の杯を受けていた。

「大浦さまは」

「御家老さまなら、そこの錦屋《にしきや》でござんしょう。ご執心の芸者がおありで」

中間頭が笑った。

「そうかい。無粋は承知で、お出《い》で願いたいと呼んできてくんな」

「よろしいんでやすか。御家老さまのご機嫌をそこねやすぜ」

「博打場の上がりの分を増やすお話だと言えばいい」

源太が短く告げた。

諸藩の下屋敷の博打場は、一日の上がりの何分かを納めることで黙認してもらっていた。

「兄い、それは親分を……」

聞いた中間頭が息を呑んだ。分を決められるのは、親分だけである。それを源太はすると言ったのだ。

「俺についてこい。もう、金羅漢の時代じゃねえ」

きびしい顔で源太が中間頭を睨んだ。

四

瑞紀は併右衛門を送ってきた衛悟の顔色がすぐれないことに気づいた。

「衛悟さま。しばしお待ちを。少しお話が」

併右衛門の着替えを手伝うために、一度奥へと入らねばならない瑞紀が衛悟の帰宅を止めた。

「はあ」

幼馴染《おさななじ》みとはいえ、雇い主の娘である。その言に逆らうことは仕事を失うことにつながりかねなかった。衛悟は空きっ腹を抱えて玄関脇の供待ちで待った。

「なにをなされておられます。そのような供待ちではなく、お上がりになって客間にお入りになられればよろしいのに」

手燭《てしょく》一つの暗い部屋でじっとしている衛悟に、戻ってきた瑞紀があきれた。

「いや、拙者は立花どのに使われる身。家臣同様でござれば」

衛悟が首を振った。

「そのような覇気のないことでどうなされます」

じれったそうに瑞紀が叱った。

「こちらへお出でを」

さすがに手を引っ張りはしなかったが、強引に瑞紀は衛悟を客間へと連れこんだ。

「どうぞ、お召し上がりを」

すでに客間には膳が用意されていた。

「いや、このようなことをされては。屋敷に戻れば夕餉《ゆうげ》はござるで」

衛悟は辞退した。

「このくらい召しあがったとて、ご自宅でお食事がとれぬということはございますまい。それともわたくしがつくったものではお気に召さぬとでも」

瑞紀の目が光った。

小柄な瑞紀であるが、我の強さは体軀《たいく》まさりであった。幼少のころから嫌というほど瑞紀の強情に振りまわされた衛悟は、これ以上断るとろくなことにならないと知っていた。

「いや、では遠慮なく」

ていねいに一礼して、衛悟は箸《はし》を持った。

剣術遣いはよく米を食う。一人扶持が一日あたり玄米五合であることから考えてもわかるように、一食で茶碗四杯、およそ二合を平気でたいらげた。

たちまち衛悟は茶碗を空にした。すぐに瑞紀がお代わりをよそってくれ、結局衛悟は遠慮しながらも三膳食べた。

「馳走《ちそう》になった」

衛悟はふたたび一礼した。

「おそまつさまでございました。ふふ。ようやく衛悟さまの顔色が戻りました」

瑞紀が袖《そで》で口元を覆い隠しながら笑った。

「それほど悪うございましたか」

指摘されて衛悟も納得した。

「わたくしでよろしければ、聞かせてくださいませ」

膳を片隅におしやって、瑞紀が話しかけた。

「いや、いつものことでござる。兄から養子の口はまだないのかと急《せ》かされただけで」

それこそ何百回と言われ、聞き飽きてはいるのだが、やはり厄介《やっかい》としては耳が痛い。

「父はなにも申しておりませぬか」

「はあ」

養子縁組の許可も奥右筆が握っているにひとしいのだ。紹介してくれるはずであると逆ねじをくわすわけにもいかず、衛悟はあいまいな返事をした。

「それは……父にもなにか考えがあるのでございましょう。あるいは、すでに心づもりをなされているのかも」

瑞紀がほんのり頬を染めた。しかし、蠟燭《ろうそく》の明かりで、衛悟には変化がよくつかめなかった。

「ここにおったのか。ちょうどよい、衛悟、儂の部屋まで参れ」

そこへ併右衛門が現れた。

「夕餉を馳走になっておりました」

あわてて衛悟が礼を述べた。

「ああ。飯ぐらいいつでも喰《く》うがよい」

膳のことなど気にせず、併右衛門が先に歩きはじめた。

「かたじけのうござった」

あわてて衛悟も後にしたがった。

書院に入った併右衛門が、衛悟に命じた。

「襖《ふすま》を閉めよ」

「はっ」

太刀を右脇に置いて、衛悟は襖を合わせた。

「先日、儂が松平越中守さまを訪ねたことは覚えておろう」

言われて衛悟は無言で首肯した。

「あの日、儂は津軽に不審ありとお伝えした」

「少しお待ち下さい」

話し始めた併右衛門を衛悟が抑えた。

「奥右筆組頭さまは、不偏不党でござったのでは」

幕政すべての機密に触れる奥右筆は、目付同様決して権力者に媚《こ》びてはならない役職であった。

「おまえに指摘されずともわかっておるわ。しかし、先日の一件を思いだせ。あのおり、お庭番が出てこなければ、儂も瑞紀も、そしておまえも生きてはおらぬ」

重い声で併右衛門が言った。

田沼山城守意知の暗殺にかかわっていた米倉家と冥府防人の襲撃を続けて受けた立花家は瀬戸際にあった。それを救ってくれたのはお庭番であり、その背後に松平定信がいた。

「…………」

敵の技量が格段に上であったとはいえ、あの夜の危機は衛悟の未熟が招いたものであった。衛悟は言葉もなかった。

「あのときの敵は、いまだに健在じゃ。そして、儂はあの御前《ごぜん》と名のる人物の誘いを断った。これが意味することはわかるな」

「はい」

衛悟もうなずいた。

御前が誰のことかはわかっていない。だが、その実力は老中以上であった。その御前をたかが奥右筆組頭と旗本の無駄飯食いが敵にまわしたのだ。最初から戦いになるはずはなかった。それをどうにか生きてこられたのは、松平定信の手が伸びたからである。

表向き誰にも与《くみ》さない中立が奥右筆組頭には求められる。しかし、命の前には空念仏以下であった。

「衛悟、おまえも越中守さまの清廉さはよく知っておるであろう」

「はい」

「白河の水の清きに魚住みかねて、濁りし田沼ぞ今は恋しき」と狂歌に詠まれるほど松平定信の政はきびしかった。役人の不正はもちろん、町人たちが米相場を操作して儲《もう》けることさえも定信は許さなかった。

息抜きのできぬ生活は、鬱憤《うっぷん》をため、ついには爆発へと向かう。いつの世も政をおこなうものがくりかえすまちがいである。定信は田沼意次によって乱れた幕政を建てなおすためにあえて厳格な仕置きをおこなったが、反発を喰《く》らって老中の座から引きずり下ろされることになった。

「幕閣を追われたとはいえ、越中守さまは八代将軍吉宗さまのお血筋。溜間詰として将軍家に意見をなさることもできる。今の幕閣も定信さまには頭があがらぬ連中ばかり。かといって、直《じか》に政に手を出すことはできぬ。不偏不党を旨《むね》とする奥右筆組頭がすがる相手として、これ以上のお方はおられまい」

こんこんと併右衛門が説得した。

「まさに」

衛悟も納得した。

「わかったならば、黙って儂の言うことをきけ。津軽に探りを入れよ」

「探りと申されても……」

探索などしたことのない衛悟は、とまどった。

「この金をやる。津軽の下屋敷にいけば、博打場があろう。そこで話を拾ってこい」

併右衛門は、衛悟の手に五両の金を握らせた。


養子先の紹介はまだかとせっつく兄から逃れるように、屋敷を出た衛悟は本所の団子屋律儀《りちぎ》に来ていた。律儀屋から津軽家下屋敷は指呼《しこ》の間であった。

一串五つだった団子を物価の高騰にあわせて四つに減らした団子屋が多いなかで、律儀屋は相変わらず五個刺していた。道場帰り腹が空いても飯を食うだけの小遣いを与えられていなかった衛悟の唯一の楽しみが律儀屋の団子であった。併右衛門から毎月二分の手当をもらうようになっても、衛悟の日常は判でついたように同じであった。

「五串頼む」

変わったと言えば、四本だった団子を五本頼めるようになったことぐらいである。

「はあ。博打場など行ったこともない。どうすれば入れるのかさえ知らぬ」

衛悟は嘆息した。

「お控えどのではござらぬか」

出された団子を二串たいらげた衛悟に声がかけられた。見れば馴染みの願人坊主《がんにんぼうず》覚《かく》蟬《ぜん》が、すぐ側に立っていた。

「これは覚蟬どの」

三串目を皿に戻して、衛悟は挨拶をした。

「久方ぶりでござるな」

覚蟬は衛悟の隣に腰をおろした。

「一串頼みますよ」

懐から波銭《なみせん》一枚、四文を取りだして覚蟬が注文した。

願人坊主とは、僧侶の格好をしただけの香具師であった。あやしげなお経を唱え、わけのわからない文字が書いてあるお札を配って一文、二文の喜《き》捨《しゃ》をもらう。

喰いかねた浪人者や、罪を犯して寺を破門された僧侶のなれの果てである。

「またもや難しい顔をなされておるなあ。剣難、女難が出ておりますぞ。ついてないのは、金運だけ。なんぞございましたかの」

　茶化しながら覚蟬が問うた。

　覚蟬はもと寛永寺《かんえいじ》きっての見識を讃えられた学僧であった。それが不惑をこえてから、女と酒で身を持ち崩し、寛永寺を放逐《ほうちく》され、願人坊主となっていた。

「覚蟬どのは、博打をなされたことがござるのか」

　思いきって衛悟が問うた。

「ございますぞ。はて、ご次男どのに博打をするだけの金がございましたかの」

　笑いながら覚蟬が首をかしげた。

「いや、博打と酒と女くらい知らねば、世間に通用せぬと言われまして」

　衛悟は話をごまかした。

「人の煩悩《ぼんのう》でございますからな。どうせ知るなら若いうちがよろしい。拙僧のように不惑を過ぎてからでは、抜けきれぬこととなり、人生を狂わせますでな」

　覚蟬がまじめな顔をした。

「聞けば博打場とはいろいろな話を耳にできるところだとか」

「雑多な噂ばかりでございますよ。人にとって命と同じくらい重い金をやりとりするのでございますぞ。頭に血がのぼっておりまする。そんなところで人生の教訓を得ることはありませぬ」

「裏の話などはどうでござろう」

　さらに衛悟は尋《たず》ねた。

「裏とはどこまでのことを申されておるのか知りませぬがの。その手の話は、仲間同士、ともに泥水に染まった者でなくばいたしてくれませぬ。衛悟どのが博打場で何日おられようとも、時候の話しか聞けますまい。女は知らねばなりませぬ。でなくば子は生まれず、人は続きませぬ。酒は知っておかれたほうが、人生楽しみが増えまする。されど、博打はいけませぬ。人としての理性さえ失うのが博打場でござる。お止めなされや」

　あっさりと覚蟬は否定した。

「はあ。やはりわたくしは役立たずでございますなあ。なればこそ、養子の口も参らぬのでございましょう」

　衛悟は大きく肩を落とした。

「こぬか三合あれば、養子に行くなと世間で申しますぞ。男子と生まれた者、やはり己の腕一本で一国一城の主となることこそ本懐でござろう」

　呵々《かか》と覚蟬が笑った。

「御坊、それがかなう世でございませぬ」

「さようでござろうかの。愚僧はそうは思いませぬぞ。たしかにお侍として新規お召し抱えがほとんどないのはそのとおりでござる。しかし、皆無ではございますまい。少し前の話になりまするが、寄合旗本一千二百石新井《あらい》筑後守《ちくごのかみ》どのは、六代将軍家宣さまに拾われるまで、明日の米にもかく浪々生活であったとか」

「学問ができれば、苦労はしておりませぬ」

衛悟は首を振った。

旗本には大きく分けて二つの筋があった。武と文である。柊家は立花家とおなじく文の筋であった。三河《みかわ》以来のお旗本と偉ぶったところで、初代は百姓とかわらぬ土豪だったのだ。それが仕えていた主《あるじ》徳川家康の栄達に連れて出世し、侍身分へとあがった。

徳川家が江戸の幕府を開いたとき、二代将軍秀忠《ひでただ》付きであった柊家は、大番組《おおばんぐみ》から普請方《ふしんかた》へと回された。

天下の城下町として成長していく江戸には、普請を監督する者が不足していたのである。それだけではない。徳川がまだ一大名であったときの勘定方では、とても天下の面倒は見られない。少しでも勘定のわかる者は、どんどん引き抜かれて剣を筆にかえた。柊家もこうして筋が武から文へと移った。

激動の戦国を終えてしまうと、すべては前例にしたがって動くことになる。あいまいであった旗本同士の区別も、はっきりとつけられ、武は武、文は文としかつきあわなくなっていた。

「筆のお家柄で剣は畑違いでござったかのう」

ふざけていた覚蟬も衛悟のようすにしんみりとした。

「いかがであろう。いっそすっぱり武士を捨てられては。なにも刀を差しているだけが生き方ではござらぬ。ものを作るもよし、田畑をたがやすもよし。商いで儲けるもまたよし」

「どれもやったことはございませぬ」

なぐさめになっていない覚蟬の言葉に、衛悟は苦笑した。

「失敗すればよろしい。人は転んで学ぶもの。一度痛い思いをすれば、次はそれを避けようといたしまする。これが学習という奴でな。なあに、失敗が続きすぎたなら、愚僧のように頭を丸めてしまえばよろしい。うさんくさいことをしゃべって、最後に南無阿弥陀仏《なむあみだぶつ》と手をあわせれば、幾ばくかのお布施になりまする。日に十軒も回れば、なんとか生きていくだけのものは集まりますぞ」

「…………」

衛悟はどう返事してよいのかわからなかった。

「いけませんなあ。今の愚僧で判断なされては。よろしいか、人の評価など最後の最後で定まるものでござる。豊臣秀吉公をご覧あれ。主君織田信長《おだのぶなが》公の仇《かたき》をうち、天下を平定するまでは稀代《きたい》の英傑でござった。しかし、かの御仁は天下を泰平にするだけでは飽き足らなかったのか、朝鮮を攻めるという大愚を冒してしまった。戦国を終えたばかりの傷ついた我が国は、いっそう疲弊し、怨嗟《えんさ》の声はついに豊臣の家を潰してしまったではござらぬか。逆もござる。今でこそ浅草の裏長屋で薄汚れた夜具にくるまっておりますが、十年、いや五年先には、絹の分厚い布団で寝ておるやも知れませぬ。紫の衣に身を包み、寛永寺の塔頭《たっちゅう》惣領《そうりょう》とは拙僧なりと将軍家の葬儀でお経を読んでおるかも」

出された団子を頬ばりながら、覚蟬が語った。

「もっとも、死んでしまえばすべて終わりでござるがな。人の一生などというものは、永遠に続く輪廻《りんね》転生《てんしょう》から見れば、一瞬のうたかた。どのような生き方をしようとも同じ」

歯の抜けた口で覚蟬が笑った。

「はあ。では、御免《ごめん》」

毒気を抜かれた衛悟は皿に残っていた二串を覚蟬へ押しやって、律儀屋を出た。

「これはこれは。ありがたいことで。功徳をつまれれば、きっと御仏がお助け下さいましょう。南無阿弥陀仏」

覚蟬が片手で衛悟を拝んだ。

「奥右筆組頭どのも酷なことをするの。道具としての使いかたが違ってはおりませぬかの。かの御仁は矛《ほこ》と盾《たて》。決して目と耳ではござらぬ」

痛々しそうな顔で覚蟬が衛悟を見送った。

「ご馳走さまで」

すべての団子をたいらげた覚蟬は人混みにまぎれそうな衛悟の背中を探した。

「えらそうなことを申してはみたが、われらはその矛と盾も、耳と目ももってはおらぬ。拙僧一人で世は変えられぬ」

覚蟬が真剣な顔をした

第三章　闇の争闘

一

一橋家の館で、治済《はるさだ》と冥府防人こと望月小弥太《もちづきこやた》の妹絹《きぬ》が同衾《どうきん》していた。

「御前……」

激しい行為の名残、荒い息のなかで絹が呼んだ。

「なんじゃ」

まだ絹をおり敷いたままで治済が応えた。

「露西亜《ロシア》との交易、津軽は信用できましょうや」

絹が懸念を口にした。

「相変わらず、細かいことを気に病むの。そなたは」

ゆっくりと治済が、絹の上から降りた。

「煙管《きせる》を」

「はい」

治済の股間に綿を当てて後始末をしていた絹が、すぐに煙草《たばこ》を吸いつけて渡した。

「津軽はの、逆らえぬのだ。儂《わし》にの」

たっぷりと吸いこんだ煙を吐《は》きだしながら治済が言った。

「……お伺《うかが》いいたしてよろしゅうございましょうか」

絹が訊《き》いた。

「うむ。おまえも兄も儂によって生かされている身。いわば、儂の手足。知るぐらいはよかろう。ただ、手足は物事を考えたりせぬ。分をわきまえることだけは、忘れるな」

「承知いたしておりまする」

深く絹が頭をさげた。

「ことは寛永《かんえい》十二年（一六三五）にまでさかのぼる。三代将軍家光公の御前で、対馬《つしま》藩主宗義成《そうよしなり》、家老柳川調興《しげおき》両名の取り調べがおこなわれた。君臣の対決は江戸城大広間で、在府の大名すべてが見守るなか開始された。一刻（約四時間）をこえた審理は、藩主宗義成におかまいなし、家老柳川調興は津軽へ流罪と結審した」

「なぜ藩主と家老の争いに幕府が、それも将軍家がかかわってこられたのでございますか」

絹が首をかしげた。

有名な黒田騒動や佐賀騒動、伊達騒動など大名の家中騒動に幕府が裁断を下した例は少なくない。しかし、大広間に全大名を集めてというのは、異例であった。

「朝鮮とのやりとりに疑義が出た」

治済が話を続けた。

豊臣秀吉の侵攻によって、日本と朝鮮の国交は断絶した。秀吉存命の間はさすがに講和の動きさえなかったが、その死後家康は朝鮮との国交回復に意欲を見せた。その命《めい》を受けたのが、朝鮮とのつきあいが深い対馬の宗家であった。対馬は朝鮮との交易で成りたっていただけに、断交はまさに死活にかかわった。宗氏は、勇んだ。だが、朝鮮との講和は困難を極めた。いきなり攻められた朝鮮はもちろん、敗走したわけでもない日本も、頭を下げなかったのだ。

膠着《こうちゃく》状態に陥った国交回復に尽力したのが、柳川調興の祖父調信《しげのぶ》であった。柳川調信は、対馬藩家老でありながら、独自の交易船を出す権利である受図書人《じゅとしょにん》の資格を持っているほど朝鮮側の信頼が厚かった。

柳川調信の奔走《ほんそう》で、朝鮮側から慶長《けいちょう》十二年（一六〇七）、日本の通信に対する回答《かいとう》兼刷還使《けんさつかんし》の名目で使者が家康のもとへ送られた。

「回答兼刷還使でございますか。通信使とは違いまするので」

聞きなれない言葉に絹が首をかしげた。

「正式に国交を回復するかどうかを決める使いとのことでだ」

煙管をたばこ盆に打ちつけて、治済が言った。

「まあ、とにかく文禄《ぶんろく》の役以来絶えていた朝鮮との国交が回復したには違いない。家康公はその功を愛《め》でて、柳川調信に江戸屋敷とその費用として一千石を与え、五位の豊前守《ぶぜんのかみ》に任官させた。これは破格のあつかいであった。関ヶ原以降、幕府は諸大名の家臣に諸大夫《しょだいぶ》の名のりを許さなくなっていたからな。家康公の柳川家への厚遇は続いた。調信の孫であった調興を家康公は自らの小姓としてそばに置かれたのだ」

陪臣《ばいしん》の孫が天下人の小姓となることなどあり得なかった。人質としての意味もあったのだろうが、柳川調興は晩年の家康に仕え、その薫陶《くんとう》を受けた。

「やがて元和《げんな》二年（一六一六）家康公は亡くなられ、調興は小姓ではなくなったが、与えられていた千石の禄と諸大夫は受けつがれた。藩主が五位対馬守《つしまのかみ》、家老も五位豊前守、領国では藩主が上だが、朝廷に伺候《しこう》したときは官名の格から柳川の座が高くなる。ましてや、藩主宗義成と柳川調興は一歳違いと歳も近い。家康公の側《そば》に仕え、幕府から旗本格とされているだけに義成もむげにはあつかえない」

「抑えつけようとするのと、はねのけようとする者。ぶつかりましょう」

空いた煙管を絹が受けとった。

「戦国の気風がおさまれば、家臣は藩主に服従せねばならぬ。幕府からも朝鮮からも特別あつかいされる家臣は、家中で浮くしかない。そこで柳川調興は、宗家から独立しようと考えたのだ」

「さとき選択では」

絹が認めた。

「やり方がまずかったのだ。柳川は、幕府からいただいている禄を返上したいと申し出た」

「まあ、それは……」

幕府から禄をもらっていればこそ、独立ができるのである。

「柳川は、そこに宗家の罪を重ねて見せたのだ。幕府から朝鮮との国交を任されることで禄をいただいておりますが、宗家独断により役目を果たせず、返上つかまつりたい。こう老中へ奉書をあげた」

「妙手になりそうでございまするが」

「うむ。たしかにな。だが、幕府は宗家の肩を持った。すでに朝鮮との通信使も三度を重ね、柳川家の必要はなくなっていた。なにより家臣が藩主を讒訴《ざんそ》するという忠義に反する行動は、幕府として容認できない。柳川調興は、神君家康さまに仕えていた己《おのれ》を幕府が見捨てるはずもないと思いこんでいたのだろう」

朝鮮との国交回復のために、宗家がひそかにおこなった親書の偽造まで持ちだして、柳川調興は争ったが、幕府は認めなかった。

大広間で開かれた裁決の結果は、おかまいなしとなった宗義成に対し、柳川調興は津軽へ流罪、対馬における私財闕所《けっしょ》となった。

「しかし、不思議なことに柳川調興は死ななくてすんだ。財も江戸にあったものはそのまま残された。国書の偽造の実行犯である対馬藩家臣島川内匠《しまかわないしょう》、柳川調興家臣松尾《まつお》七郎右衛門《しちろうえもん》の二人が死罪、一族の男子も斬されたことにくらべれば、かなり甘い」

「たしかにさようでございまする」

絹も首肯《しゅこう》した。

「津軽に流された柳川調興には、幕府から合力米が給された。弘前《ひろさき》に屋敷をもらった柳川は、二度と表に出ることはできなかったが、悠々自適の余生を送った。そして、死の間際、津軽になにかを残した」

「それが家光公のお墨付きに繋《つな》がった」

「ふふふ」

含み笑いを治済がした。

「余はの、吉宗さまから家光公のお墨付きの話を聞いていた。なればこそ、津軽の話に乗ったのだ。交易の利は大きいからの。それに津軽が派手に動いてくれれば、薩摩《さつま》の隠《かく》れ蓑《みの》となる」

「…………」

「それに、お墨付きは一度かぎりじゃ。今使わせておけば、余が将軍となったときにはただの紙切れ」

治済が、絹の襟元《えりもと》から手を入れた。

「では……」

胸をいじられながら、絹が息を呑《の》んだ。

「二年、いや一年でよい。松平越中守の目を引きつけてくれればな。津軽の役目はそれだけよ」

豊かな稔《みの》りをもてあそびながら、治済が告げた。

「ひそかにおこなえばこそ、幕府も抜け荷を黙認する。もっとも琉球や薩摩まで探索の手を伸ばすことも難しいうえ、咎《とが》めだてたところで兵をおこすだけの金も人もない。だが、あまりにあからさまなことをされては見すごすこともできぬ。とくに越中守のような堅物はの」

「津軽さまは、ご辛抱できませぬのか」

息を荒くしながら絹が尋《たず》ねた。

「金がなさすぎる。いや、金に飢《う》えていると申すべきか。覚えておろう天明《てんめい》の飢饉《ききん》を」

治済が問うた。

天明三年（一七八三）三月に起こった岩木山《いわきやま》の噴火を原因とする飢饉はすさまじく、その年弘前藩津軽家の収穫は皆無に等しかった。

すでにたび重なる飢饉によって疲弊《ひへい》しつくしていた藩政は、領民へ手を伸ばすだけの力もなく、一年の餓死者は十万人をこえた。

「もっとも天明の飢饉は津軽だけのことではなかったがの。とりわけて津軽の被害がひどかったのは理由がある」

「ああ……」

乳房をいたぶられて濡れた声を漏《も》らしながら、絹が先を待った。

「馬鹿をしでかしたのよ」

楽しそうに治済が言った。

「馬鹿を」

うるんだ目つきで、絹が首をかしげた。

「あの年、津軽の家老三人が大愚を冒した。飢饉で米のとれなかった津軽。その最後の頼みの綱であった備蓄蔵の米を、江戸での高値につられて売り払ったのだ。馬鹿にもほどがある」

治済が、断じた。祖父である八代将軍吉宗の性質を色濃く受けついだ治済は傲慢《ごうまん》で、人を人とも思わないが、とくに無能な者を憎んだ。

「米を売ってしまった。飢えた領民を見捨てて」

甘やかな絹の雰囲気が変わった。

米はときによって値段が変化した。大坂に米の相場がたち、そこでどこの国の米は一石いくらと決められ、その値段で取引された。

飢饉で米が不足すれば、当然値段は高騰する。とくに生産することなく消費するだけの都会である江戸や大坂では、米の値段はより高くなった。

金に目のくらんだ津軽の家老たちは、江戸の米商人に勧められるまま、弘前の城にあった備蓄米を売り払っただけではなく、その代金まで私腹した。

天明の飢饉で津軽の被害がずぬけてひどかった原因の一つがここにあった。

「飢えていく領民を目の前にしながら、家老たちがしたことは、金勘定だったのだ」

「その愚かな津軽が露西亜との交易に目を向けるなど、少しばかり気が回りすぎてはおりませぬか」

絹が質問した。

「津軽に交易をそそのかしたのは、田沼主殿頭《とのものかみ》意次よ」

「田沼さまで」

「己の失敗を補うために、田沼主殿頭は津軽に目をつけた」

乳房をいたぶるのにあきた治済が、手を放した。

「ことは天明三年（一七八三）のことじゃ。田沼主殿頭の政《まつりごと》に影が差した。印旛沼《いんばぬま》の開拓失敗じゃ。数十万両という金がまさに沼へと消えた」

毎年のように起こる利根川《とねがわ》の氾濫《はんらん》を解消すべく、流域最大の水源地である印旛沼の水を江戸湾へと流す開拓はいくどか計画されていた。なかには実行されたものもあったが、工事途中での水害によって破綻《はたん》していた。これに目をつけたのが田沼意次であった。印旛沼の水を排出できれば、十万石の領地があらたに生まれると、田沼意次は反対する役人たちを更迭《こうてつ》してまで工事を始めた。

天下の大老が徳川の権力を用いておこなった工事は、完成するかに見えたが、やはり天候には勝てなかった。そのために費やされた費用は膨大であり、結果、逼迫《ひっぱく》していた幕府の財政をさらに悪くした。

金によって権力を維持してきた田沼意次にとって、印旛沼は大きな傷となった。

「そこで田沼意次は、手っ取り早く金を産み出す方法を考えた。それが、露西亜との交易じゃ」

もう一服と煙管を命じて治済が語った。

「露西亜は冬に凍る港しか持たぬ。我が国に寄港することは大きな利点となる。蝦夷《えぞ》地《ち》の一部を出島《でじま》と同じようにしてやればよろこんで交易に応じるであろう。北と南、二ヵ所で交易ができるようになれば、長崎の運上《うんじょう》が単純に倍となる。これは大きい」

長崎運上と呼ばれる交易の利は、およそ年に七万両あまりあった。これは十四万石の収入に匹敵する金額であり、幕府における米以外の収入のじつに二割以上を占めていた。

田沼意次の手が、ロシア船との行き来に便利な津軽藩へと伸びた。

将軍をもしのぐ権力者大老田沼主殿頭意次からの誘いを断れる大名などいないはずであった。しかし、話を持ちかけられた七代藩主津軽越中守信寧《えっちゅうのかみのぶやす》は、首肯しなかった。鎖国という幕府の祖法、すなわち国禁を侵《おか》すだけの肚《はら》がなかったのだ。

「今しばらく、ご猶予《ゆうよ》を」

津軽信寧は、ぬらりくらりと返答を延ばした。

「待ちきれなかった田沼意次がしびれをきらした」

「では……」

絹が息を呑んだ。

「当然の帰結じゃ。邪魔者は除かれる。冷徹にそれができなければ、施政者として不適格であろう」

治済が告げた。

「日にちまでは覚えておらぬが、天明四年（一七八四）の正月津軽信寧が四十一歳で急死した。家老たちの馬鹿を抑えられなかった暗愚な藩主は、さらに失敗をした。金の恐ろしさと権力の恐ろしさを秤《はかり》にかけるというな」

鼻で治済が笑った。

「金と権、どちらが強いか、絹はわかるか」

「権がおそろしゅうございます」

絹は治済の狙いを確実に理解した。

「津軽信寧は、それに気づかなかった。己が体験した金の魔力に囚《とら》われたのだ」

「それで田沼さまは、津軽さまを」

「どうやったのかは知らぬ。ただ、正月の宴席に出ていた津軽信寧が血を吐いて死んだ。そして、二十歳そこそこの若造が藩主になった」

治済が、目を絹から天井へと移した。

「老練な大老に若い藩主では対抗できぬ。津軽家は早々と田沼の軍門に下り、露西亜との交易にかかわることを了承した。このままいけば、露西亜との交易で産み出された金が、田沼の命脈を繋《つな》いだであろう。そこに起こったのが天明四年の事件よ」

天明四年の事件とは、江戸城内で大老田沼意次の息子若年寄田沼山城守《やましろのかみ》意知が、新番組佐野善左衛門《ぜんざえもん》政言《まさこと》によって刺殺されたことだ。

しかし、息子を殺された田沼意次に同情は集まらず、飛ぶ鳥を落とす勢いにかげりがさすことになった。

まだ家督を相続もしていない部屋《へや》住みの身分でありながら、若年寄という幕府枢要の地位にいた息子を失った痛手を癒《いや》すこともできず、田沼意次は凋落《ちょうらく》していく己の権力を維持するのに精一杯となった。

　こんなときにあらたな交易の話などを持ちだしては、かえって政敵に食いこませる隙《すき》を与えることになる。

　田沼意次は津軽家に命じた露西亜との接触を封印し、開国の話を切り捨てた。

「いろいろと画策したようだが、田沼家の権力は、十代家治《いえはる》の死をもって消滅した。本人も老中を辞めさせられた二年後に世を去った。これで露西亜との交易はなくなったはずだった」

　おもしろそうに治済が笑った。

「絹。いつの世も人の欲というのは尽きぬものよなあ。田沼から交易のうま味を散々《さんざん》聞かされた津軽の家老どもは、夢を忘れられなかったらしい」

「懲《こ》りてはいなかったのでございますか」

　さすがの絹もあきれた。

「愚かなものだ。使われる身分の者とはそのていどなのであろう」

　煙管を治済が、投げるように置いた。

「さらに間が抜けているのは、話を余に持ってきたことだ。田沼という庇護者《ひごしゃ》の代わりを余に求めたのだろうがの」

「ですが、よろしいのでございますか、御前さま。抜け荷などにかかわったとなれば、御身へ傷がつきかねませぬ」

絹が気づかった。

「心配するな。将軍の父が国禁《こっきん》を侵したなどと明らかにできようはずもなかろう。おそらくことが家斉のもとへ届く前に、津軽の家老どもが腹切って始末を終えるであろう。我が名を出す間を与えなければよい。その他のことは幕府が率先して揉《も》み消してくれようぞ」

「それにの。津軽にはもう一つ仕事をしてもらわねばならぬ。わからぬか。南蛮の新式兵器の使い心地を試すことじゃ」

「新兵器の性能をでございますか」

絹が問い返した。

「我が国は徳川が天下を取って以来百五十余年、戦《いくさ》がなくなったことで鉄砲や大筒などの威力がまったくあがっておらぬ。それどころか堺《さかい》や国友《くにとも》でさえ、鉄砲をつくることのできる職人がほとんどおらぬようになっているという。このようなことで異国の牙に立ち向かえると思うか」

「御前は異国が攻めてくるとお考えでございまするか」

治済の言葉に絹がわずかに震えた。

「今ではない。今ではな。南蛮の手は印度《インド》、越《えつ》などで手一杯じゃからの。だが、いずれは我が国へ侵略してくることはまちがいない。武士が強かった戦国の世ならばいざ知らず、泰平に馴《な》れた旗本どもでは千の敵を防ぐこともできまい。腕が立たぬなら、せめて武器だけでも用意しておくべきであろう」

「島津ではいけませぬので」

なぜ津軽なのだと絹は訊いた。島津のほうが一橋家と近く、融通もきいた。

「島津に、いや薩摩に力の使い方を教えてはいかぬ。薩摩の根底にあるのは、徳川への恨《うら》み。藩主は娘を御台所《みだいどころ》にしたことで、おのれも徳川の一門になった気でいるようだが、藩士たちは違う。武士として四民の上に立つとは思えぬ困窮《こんきゅう》をしている藩士たちを支えているのは、いつか徳川を倒してやるとの思い。そこに威力ある兵器など教えては敵に塩を贈るも同然。神君家康さまは偉大なれど、唯一失敗なされたのが、島津と毛利《もうり》を滅ぼされなかったこと。外様どもを根絶やしにしておかれれば、徳川は千年安泰であったろう」

冷たい表情で治済が告げた。

大きなあくびを漏らした治済が、絹に背中を向けた。

「疲れた。寝るぞ」

「おやすみなさいませ」

夜具を整えて、絹は治済の側から去った。

二

老中太田備中守資愛《おおたびつちゆうのかみすけよし》の懐刀《ふところがたな》、留守居役田村一郎兵衛《るすいやくたむらいちろうひようえ》は津軽の動きをつかんでいた。田村は江戸中の香具師《やし》の親分とつきあいをもっていた。その中に金羅漢の八蔵もいた。

「一手打たせていただいてよろしいでしょうか」

田村は主君太田備中守に願いでた。

「藪《やぶ》をついて蛇《へび》を出すにならぬであろうな。あの奥右筆《おくゆうひつ》には松平越中守《えつちゆうのかみ》がついたのだぞ」

老中になるだけあって、太田備中守は役人の動向に気を配っていた。

「我が藩から目をそらせられればよろしいかと」

成功しなくてもいいと田村は太田備中守に話した。

「柊家の次男などはものの数ではございませぬ。ようは立花併右衛門の注意を己の身の回りに向けさせればよろしいのでございまする」

「なるほどの」

聞いた太田備中守が納得した。

太田備中守が立花併右衛門を気にするのは、己も田沼山城守意知の刃傷《にんじょう》に一役買ったからであった。嫡男を無惨に殺された恨みをはらそうとした十代将軍家治に命じられたこととはいえ、現役の若年寄の命を奪ったのだ。ことが明らかになることで、太田家が傷つくのを怖《おそ》れていた。

「太田道灌《どうかん》公以来、関東の名門である我が家に傷をつけることはできぬ」

「お任せ下さいませ。連日のように襲われ続ければ、立花併右衛門も余裕を失いましょう。万一殺せればよし。駄目でも心に負担をかけ続ければ、お役のうえで失敗をしでかすやもしれませぬ。あきらかな不手際を見せてくれれば、いかに松平越中守さまといえどもかばうことはできますまい」

自信ありげに田村が言った。

「うむ。まかせる。儂は毎日のお役目だけで手一杯じゃ。些事《さじ》にかかわっている暇などない。以後は、成功の報告だけを聞かせてくれればよい。ご苦労であったな」

暗に失敗は許さぬと寵臣《ちょうしん》に命じて、太田備中守は田村を去らせた。

主君の前を下がった田村は、上屋敷を出ると江戸市中に設けた妾宅《しょうたく》へと向かった。

藩士たちは屋敷中にあるお長屋に居住するのが原則であったが、定府《じょうふ》と呼ばれる江戸詰の家臣たちは町屋に家を求めることが許されていた。

「初手の浪人者は駄目だったが、八蔵もこのまま放置はすまい。面目にかかわるからな。おそらく二の手を打ってくる。津軽はほっておいていいだろう。勝手に続けてくれるであろうからの」

日が暮れた江戸の町を歩きながら田村が思案した。

「こちらの手をどうするかだが。剣客も無頼も駄目となれば、忍《しのび》か。いかに老中とはいえ、伊賀組《いがぐみ》をこのようなことで使うことはできぬな」

幕府隠密である御広敷《おひろしき》伊賀者、山里《やまさと》伊賀者などは老中の支配下にあった。

「戦国の世ならば、忍は金で雇《やと》えたのだが。ふうむ」

田村が悩んだ。

「金で雇うか。やってみる価値はあるな」

妾宅の引き戸を開けながら、田村がつぶやいた。

戦国では戦《いくさ》の行方《ゆくえ》さえ左右した忍も泰平の世では居場所がなかった。伊賀や甲賀のように幕府の御家人として組みこまれたり、薩摩の捨《す》てかまり、上杉《うえすぎ》の嗅《か》ぎ足《あし》などこのままで藩の足軽に姿を変えたりと末路は哀れであった。

どれも食べていくのにかつかつの禄で、一人前の武士としてあつかわれることもなく、日陰者として目立たぬように生きていた。

一晩妾《めかけ》の家で過ごした田村は、上屋敷に顔を出すことなく、その足で伊賀者同心たちの組屋敷がある四谷《よつや》へ出向いた。

「組頭《くみがしら》どのはおられるかの」

いかに身分軽きとはいえ、伊賀者も御家人である。老中の懐刀と呼ばれたところで陪臣でしかない田村はていねいに腰をかがめた。

「貴殿は」

応対した若い伊賀者が問うた。

「申し遅れました。拙者《せっしゃ》老中太田備中守が家中田村一郎兵衛でござる」

隠したところで、調べればすぐに知られると田村は本名を告げた。

「これは、御老中さまの……しばしお待ち下され」

あわてて若い伊賀者が奥へと消えた。

身分は違っても世における力は、田村のほうがはるかに強かった。田村の機嫌を損ねることは、伊賀組の崩壊を呼びかねない。

「どうぞ」

すぐに若い伊賀者が戻り、田村を屋敷のなかへと案内した。

「このようなところに、どのような御用で」

奥といったところで玄関から一間隔てただけの部屋で田村を出迎えたのは、小普請《こぶしん》伊賀者組頭多々良久記《たたらきゆうき》であった。すでに髪の白い多々良久記は実年齢よりも老けて見え、覇気も感じられなかった。

伊賀者ほど悲惨なあつかいを受ける者はなかったが、なかでも小普請伊賀者がもっともひどかった。

もともとは伊賀者支配服部半蔵《はっとりはんぞう》のもと、おしなべて三十俵二人扶持《ぶち》の同心であった伊賀者が分割された背後には理由があった。

あまりに大きな甲賀者《こうがもの》との差である。伊賀者が同心でしかないのに、甲賀者は与力格だったのだ。

伊賀者が徳川に抱えられたのは、本能寺の変のおり、堺にわずかな供と孤立した家康を三河《みかわ》まで送り届けた功績による。

いっぽう甲賀者には功どころか、失策しかなかった。天下分け目の緒戦、徳川家康の家臣鳥居元忠《とりいもとただ》が守る伏見城《ふしみじょう》を石田三成《いしだみつなり》らが襲ったとき、籠城《ろうじょう》していた甲賀者が裏切ったことで落城した。

「神君家康公の危難を救ったは伊賀者ぞ」

幕府開闢《かいびゃく》のころからくすぶっていた不満が爆発したのは、初代服部半蔵が死してすぐのことであった。

伊賀者は大挙して四谷の長善寺《ちょうぜんじ》に立て籠《こ》もり、弓矢鉄砲まで持ちだして、甲賀者と同じ与力への昇格と増禄を訴えた。

幕府は要求をはねつけ、ただちに長善寺を取り囲んだ。多勢に無勢、数ヵ月の粘りもむなしく、伊賀者は降伏することになった。これがより伊賀者の不遇をまねいた。勝利した幕府も思うところがあったのか、伊賀者を根絶やしにすることなく、連携を断つため組を四つに分割し、禄を減らしただけでことを収めた。

小普請伊賀組、明《あ》き屋敷《やしき》伊賀組、山里伊賀組、御広敷《おひろしき》伊賀組の誕生である。

そのなかでもっとも冷遇されているのが小普請伊賀組であった。小普請伊賀組は、江戸城や役宅などの塀《へい》や、屋根瓦《がわら》の修理をおこなうのが仕事で、いわば職人人足あつかいであったのだ。

禄も他の伊賀組にくらべて少なく、本禄なしただの十五人扶持であった。組頭でさえ四人扶持が手当として与えられるだけ、生活の余裕などどこを探してもでない薄給であった。

「本禄を取りもどしてみたいと思われぬか」

田村はそれだけを口にした。

扶持米だけの者は、どれだけ少ない俵数でも本禄を持つ者より格下としてあつかわれた。

「なにをお求めか」

茫洋《ぼうよう》とした老爺《ろうや》の瞳が光を取りもどした。

「小普請伊賀者のお方にはなにも」

「なにも要らぬと……」

多々良久記が、怪訝《けげん》な顔をした。

「役についておられぬお身内で、忍の術に長《た》けた御仁をお借りしたい」

「ほう。忍の技をお求めか」

田村の要望を聞いた多々良久記が、真意を探るように目を細めた。

「用件の詳細はお尋ねにならぬがよろしいのではござらぬかな」

「…………」

多々良久記が、無言で先をうながした。

「ただ小普請伊賀組の方々は、格上げの沙汰《さた》をお待ちになるだけでいい」

知らぬ存ぜぬが無事だと田村は告げた。

「それはよろしかろう。だが、お貸しする身内の者に安永《あんえい》八年（一七七九）のようなまねをさせるおつもりではござらぬでしょうな」

じっと多々良久記が田村を見つめた。

「ほう」

田村は驚いた。

安永八年、十代将軍家治の嫡子家基《いえもと》が、巻狩りから帰るなり高熱を発して死んだ。これは甲賀忍者による毒殺であった。

「与力にあきたらず五位の格を求めた甲賀のはねかえりが、大老の餌《えさ》にくいついた。事後に起こった甲賀組の狼狽《ろうばい》は、見ものでござったわ」

十一代将軍となるべき家基の死、かぎられた者だけが知る幕府最大の秘事であるにもかかわらず、多々良久記は知っていた。

「主君殺しは、許されざる大罪でござる。伊賀者根絶やしになりかねませぬ」

多々良久記が危惧《きぐ》を口にした。

「ご懸念あるな。こうやって名のりをあげて拙者が参ったことからもおわかりいただけよう。もし、そのようなことになれば、拙者はもとより主君備中守も無事ではすみませぬ」

きっぱりと田村が否定した。

「されど、なにも知らせず、ただ貸せだけではご納得も行きますまい」

田村は、一度言葉をきった。

「人を二人殺《あや》めていただきたい。一人はそのへんの剣術遣《つか》いでは太刀打ちできぬ相手でござる」

「なるほど。それで忍をお求めか。たしかに我ら忍の術を用いれば、たとえ宮本武蔵《みやもとむさし》であろうとも、倒すのはたやすうござる」

話を受けて多々良久記がうなずいた。

「和記《わき》」

多々良久記が、先ほどの若い伊賀者を呼んだ。

「ここに」

すぐ真後ろから返ってきた応えに、田村は跳びあがりそうになった。まったくなんの気配もなく、張りつくように和記が座っていた。

「高尾山《たかおさん》に籠もっておる藤記《とうき》を呼び戻せ」

「はっ」

消えるように和記がいなくなった。

「では、お帰りを」

あっさりと多々良久記が田村をうながした。

「藤記どのには、いつお目にかかれよう」

なんの約束もすんでいないと田村は多々良久記に問うた。

「こちらから出向きますゆえ、お待ちあれ」

もとのくたびれた小役人に戻って多々良久記が田村を追い返した。

「化生《けしよう》の者とはよく申したものよ」

薄暗い伊賀者組屋敷でのことを思いだして、田村は小さく震えた。

「しかし、みごとなものであった。剣術はかじったていどでしかないが、あれだけ気配を消されては、戦いようはない。いかに剣術が遣えても、背中に刀が突きたてられるまで気づかねば、手の打ちようもあるまい。さて、木曾屋《きそや》へ回るといたそうか。領内の材木を買い取らせねばならぬ」

伊賀者との邂逅《かいこう》など忘れたように、留守居役としての役目に奔走した田村が、妾宅に帰ったのは、すでに深夜に近かった。

気に入った深川芸者を落籍《らくせき》させて妾にしたばかりである。さすがに押し倒しはしなかったが、田村は若い妾の身体《からだ》を堪能《たんのう》した。

仕事と房事の疲れで深く寝入った田村は、みょうな気配に目覚めた。

「お騒ぎなさるな。伊賀者多々良藤記でござる」

枕元に黒い影がうずくまっていた。

「な、なにっ」

驚きのあまり、田村が大声を出した。

「ううん。旦那さま、どうか……うっ」

隣で寝ていた妾が目覚めかけたのを、疾風《はやて》のように動いた藤記があて落とした。

「お静かにと申しあげたはず」

ゆっくりともとの場所に藤記が座った。

「き、貴公が小普請伊賀者の」

「組頭多々良久記の三男、藤記でござる」

藤記が名のった。

「あ、高尾山にいたのでは……」

今朝聞いたところでは、藤記は高尾山に籠もっているとの話であった。高尾山と江戸はおよそ十四里（約五五キロメートル）ほど離れていた。朝方江戸から迎えを出して、深夜とはいえ戻ってくるなど考えられなかった。往復のときが必要なのだ。その距離じつに二十八里（約一一〇キロメートル）、人間業とは思えなかった。

「忍でござれば、そのくらいは」

藤記がなんでもないと告げた。

「さっそくでござるが、誰を殺《あや》めろと」

よけいな話はいいと、藤記が訊いた。

「そ、そうであったな。二人頼む。なに、ほとんど一緒におるゆえ、手間はかかるまい。一人は奥右筆組頭《おくゆうひつくみがしら》立花併右衛門」

まだ衝撃から抜けきれていない田村が震えながら言った。

「奥右筆組頭を殺めてよろしいのか。目付《めつけ》衆が出張ることになりますぞ」

懸念を藤記が口にした。

「証拠を残すほど、伊賀者はまぬけだと」

少し落ちついた田村が挑発した。

「ふっ」

挑発を藤記は鼻先で笑った。

「もう一人は」

淡々と藤記が先をうながした。

「柊衛悟。立花併右衛門の隣家に住む部屋住みの若造だ。かなり剣術を遣う」

「剣術遣いか」

藤記が復唱した。

「承知いたした。報酬《ほうしゅう》をお忘れになるな」

感情のない口調で藤記が首肯した。

「わかっておる」

雇い主としての立場で尊大《そんだい》にうなずいた田村だったが、背中は汗で濡れていた。

翌日から藤記は衛悟の行動を追った。奥右筆組頭の併右衛門の一日は判で押したように同じだとわかっていたからである。

「涼天覚清流《りょうてんかくしんりゅう》か。聞かぬ流派よな」

衛悟の後をつけて大久保道場にまで来た、藤記が興味を示した。

どこの道場でもそうだが、外から稽古《けいこ》が見学できるように無双窓《むそうまど》が設けられている。藤記はそこから堂々と稽古を見た。

武士はもとより町人でも剣術の稽古を覗《のぞ》き見る者は多い。へんに隠れて窺《うかが》うより、あからさまなほうが目立たなかった。

「りゃりゃりゃああ」

年若い弟子が、上田聖へ向かっていった。

「もっと踏みこめ。そうだ」

叱咤《しった》し褒《ほ》めながらも、上田聖の竹刀《しない》は遠慮なく弟弟子の頭上に落とされた。

「ま、参った」

頭を綿袋で守っているとはいえ、まともに喰《く》らえば立っていることもむつかしい。若い弟子はよろよろと数歩進んで崩れた。

「なかなかによくなっておるぞ」

上田聖が、若い弟子に告げた。

割竹を馬皮に包んだだけの竹刀を軟弱と笑う流派が多いなか、涼天覚清流は早くからその利点に目をつけていた。

木刀稽古では怪我《けが》を怖れるあまり、どうしても身体が萎縮してしまいがちになるが、竹刀は思いきって撃ちこめるので、実戦に即した稽古を積めるのだ。

「ありがとうございまする。もう一手お願いします」

頭を振って若い弟子が立ちあがった。

「その意気やよし」

うなずいて上田聖が竹刀を青眼に構えた。

「師範代か。なかなかできるようだな」

上田聖の実力を藤記が認めた。

「来たか」

井戸で身を清め、身支度《みじたく》を整えた衛悟が道場へと現れた。

「…………」

無言で道場の片隅に腰をおろした衛悟は、まず瞑目《めいもく》した。

涼天覚清流道場主大久保典膳は、剣は人殺しの道具、剣術はいかにうまく人を殺すかの技とはばかることなく言うが、精神の修行にもうるさかった。

「心が練れていなければ、火急のおりにあわてるだけ。剣禅一如《けんぜんいちにょ》などと坊主のまねごとを言う気はないが、なにごとに出会うも心に波風を立てぬだけの修養はなしておけ。いかにうまく竹刀を扱えたところで、真剣の恐ろしさに負けるようではまさに畳のうえの水練じゃ」

大久保典膳の言いつけどおり、衛悟はまず心を落ちつかせた。

「禅のまねごとか」

見ていた藤記が、小さく笑った。

忍の祖は山岳仏教の役小角《えんのおづぬ》とされている。世に言う修験道であり、人跡未踏の山中にこもり、熊や狼、毒蛇などと邂逅《かいこう》しながら、岩を登り滝に潜って修行をおこなう。伊賀の忍はいまでもその伝統を受けついでいた。

藤記も物心ついたころから、高尾山、赤城山《あかぎさん》、筑波山《つくばさん》などに食べものもなく放りだされ、死ぬような思いをして来た。

十五歳のころには寝ている身体のうえをまむしに這《は》われても平気になっていた。まさに岩と同化するの境地に到った藤記から見て、衛悟の座禅はいかにも稚拙《ちせつ》であった。

「このていどの輩《やから》に、老中の留守居役ともあろう者が手こずっていたのか」

藤記はあきれた。

「柊、そろそろどうだ」

弟弟子への稽古を終えた上田聖が訊いた。

「うむ。一手教えてもらおう」

衛悟は立ちあがった。

上田聖と衛悟は親友の間柄である。だが、道場では師範代とただの弟子でしかない。衛悟は礼にそって、己から頭をさげた。

「上田さんと柊さんが稽古されるぞ」

三々五々竹刀を振っていた弟子たちが、急いで道場を開けた。

涼天覚清流道場の竜虎と称される二人の稽古は、弟子たちにとって学ぶべきものが多い。

「すまぬな」

場所を空けてくれた弟弟子に衛悟は礼を述べて、竹刀を青眼に構えた。

「お願いいたす」

「参れ」

上田聖が受けた。

「おおおう」

衛悟が肚《はら》からの声をあげながら、下がった。

三間（約五・四メートル）の間合いを四間（約七・二メートル）へと拡げた。

「ほう」

師範席で稽古を見ていた大久保典膳が声を漏らした。

「……………」

無言で上田聖が、開いた間合いを詰めた。すぐに間合いはもとの三間へと戻った。

「なにをしているのだ、あやつは」

見ている藤記は衛悟の意図がわからず、首をかしげた。

「衛悟め、なにかあったな」

大久保典膳がつぶやいた。

「りゃああ」

ふたたび気合いを出して、衛悟は一間（約一・八メートル）引いた。

「柊さんは、なにを」

見ていた弟子たちがざわつき始めた。

話し声に気を取られるようでは、剣術をものにすることはできないと、大久保道場では私語を禁じていなかった。

弟子たちが顔を見あわせて、衛悟の考えを推察し始めた。

「おう」

上田聖が、同じように間合いを詰めようとした。

「せいああ」

その出鼻を衛悟は狙った。青眼の竹刀を上段へとあげ、一気に奔《はし》った。

「うわっ」

目をこらしていた弟子たちがおどろくほどの勢いで衛悟が突っこんだ。

「…………」

気づいた上田聖が足を止めて腰を落とした。

「ふん」

藤記が鼻先を鳴らした。

間合いが一間になったところで、衛悟は上段の竹刀を放った。

「……ちえいい」

重い気合いを発して、上田聖が竹刀を右から左へと振った。

乾いた音がして衛悟の一撃が、上田聖の竹刀に止められた。

「…………」

ぶつかった竹刀を支点として無言で衛悟は身体を回した。大きく左に踏みだしながら、両手を肩の位置まで挙げ、竹刀を水平に持ちかえるとそのまま、引いた。

「なるほどの」

一人大久保典膳が首肯した。

「真剣勝負か」

藤記もつぶやいた。

「なんの」

動いていく衛悟の竹刀を上田聖が上からおさえこもうと体重をかけた。

「くっ」

大柄な衛悟よりさらに一回り体軀《たいく》のすぐれた上田聖の力に、竹刀が沈んだ。

「かあああ」

すさまじい声を出して上田聖が衛悟に体当たりをかけた。

「……くあ」

受け止めかねて衛悟は吹き飛んだ。道場の床にしたたか背中を打ちつけて、衛悟がうめいた。

そののど元に、上田聖が竹刀の切っ先を模《ぎ》した。

「それまで」

大久保典膳が手をあげて上田聖の勝利を宣した。

「なんだったんだ」

弟子たちは衛悟の仕掛けた技について疑問を呈した。

「稽古はここまでとする。衛悟、聖、儂の部屋まで参れ」

実情を尋ねようと衛悟に駆けよる弟子たちを制して、大久保典膳が二人を呼んだ。

三軒長屋の壁をぶち抜いて道場に仕立てなおしただけの安普請《やすぶしん》である。戸板一枚過ぎるだけで、大久保典膳の居室であった。

「座れ」

上座に腰をおろした大久保典膳が言った。

「聖よ。どう見た」

衛悟にではなく、聖に大久保典膳は問うた。

「真剣ならば、わたくしが負けていたかと」

上田聖が小さく首を振った。

「うむ。竹刀と真剣では滑りが違う。なにより竹刀は力を加えれば面となって押しつけることができる。面と面が触れあえば、動きは制せられるが必定《ひつじょう》。衛悟の竹刀の疾《はや》さは半分以下になった」

うなずいた大久保典膳が、衛悟に目をやった。

「なにがあった、衛悟」

「また人を斬りました……」

うながされて衛悟は苦い声を出した。

「そうか」

それ以上大久保典膳は質問しなかった。

「……衛悟」

痛ましそうな顔で上田聖が気づかった。衛悟は首《こうべ》を垂れたまま応えなかった。

「気づいていたか」

不意に大久保典膳が話を変えた。

「道場の無双窓から、みょうな男が衛悟を見ていたぞ」

大久保典膳は藤記に気づいていた。

「いえ。まったく」

問われて上田聖が首を振った。ようやく顔をあげた衛悟も同様に否定した。

「どのような者でございましたか」

上田聖が訊いた。

「気配がないのよ。そうよなあ。まるで雲のような感じであったか。そこにあるのだが意識してみないかぎり、認識できない存在であった。なればこそ、よけい気になったのだ。衛悟、おぬしは因果にとらわれてしまったようじゃ。ならば、無理に断ちきろうとするな。流されるときは流されるがいい」

「流されよ……」

師の言葉を衛悟は受け止められなかった。

三

一橋治済にそそのかされた薩摩島津家は、抜け荷の規模を大きくすべく、琉球《りゆうきゆう》へ新たな人員を送りこんだ。

「砂糖を増産させよ」

重要な交易品である黒糖の生産を島民に命じた。

「ひとかけらでも私腹した者は死罪に処す」

より過酷な搾取《さくしゆ》を島津はおこなった。少しでも砂糖黍《さとうきび》を栽培させるために、水田を潰《つぶ》させたりもした。

慶長十四年（一六〇九）、薩摩の侵攻を受けて以来連綿と続けられてきた圧政はいっそうの厳しさを増した。

そうでなくともかつかつであった琉球庶民の生活は、餓死者を生みだすほどひどくなったが、確実に薩摩の財政は好転し始めた。

「お陰をもちまして」

一橋治済のもとへ、薩摩の家老樺山大隅《かばやまおおすみ》が手みやげを持って挨拶《あいさつ》に来た。

樺山が待つ客間へ、治済は絹を連れて現れた。

「これは琉球でとれました黒砂糖を持参いたしました。それと、こちらは決まりの歩合とは別に、心ばかりの御礼でございまする」

紫の風呂敷を樺山大隅は開くことなくそのまま差しだした。

「絹」

礼儀に反することと知りながら、治済が絹に風呂敷を受けとるように命じた。

「ご無礼を」

詫びながらも、主の言葉には逆らえないと、絹が風呂敷を手にした。

「…………」

無言で樺山大隅が黙礼した。非礼とわかっていてもそうするしかなかった。

「二百両」

絹が報告した。

風呂敷には切り餅《もち》が八つ包まれていた。

「なかなかけっこうなことよ」

治済は、金のことに触れずにうなずいた。

「薩摩守どのには、将軍家を支える父、義父として今後とも力をあわせてまいろうと伝えてくれい。それともう一つの約定《やくじょう》をそろそろお願いいたすともな」

「はっ。では、これにて」

深く平伏して樺山大隅が去った。

「御前さま」

絹が金を治済の前に置いた。

「ちょうどよい金額よな。絹、兄を呼べ。使いを命じる」

「承知いたしました」

すぐに絹は館の庭へ出た。もっとも背の高い松の枝に懐紙を折って結びつけた。

半刻（約一時間）ほどで、冥府防人が書院前の庭にひざまずいた。

「御用でございましょうか」

「うむ」

治済が縁側まで足を運んだ。

「女を一人拾え」

訊く冥府防人に治済が告げた。

「女でございますか。どのような」

あまりに唐突な話に、冥府防人が詳細を求めた。

「見目うるわしく、肚《はら》の据《す》わった者でなければならぬ。そう。できれば魂が死んでおればいい。そう、人の殺せる女でございますか」

「美しく、そして人の生き死にに心を動かさぬようにな」

冥府防人が確認した。

「うむ。ここに二百両ある。全部使いきってよい。できるだけ早く探しだせ。言わずともわかっておろうが……」

「ご懸念なく。なにがありましても御前さまのお名前が出るようなことはございませぬ」

地に額をつけて、冥府防人が請けおった。

二百両は大金であった。東海道で荷物運びをする人足の日当が二百文そこそこ、四人暮らしの庶民ならば、家賃から食事の費用全部あわせて月に一両もあればかなりの贅沢《ぜいたく》ができた。吉原《よしわら》へ太夫《たゆう》として売られていく女の代金が数十両である。女にとってなによりたいせつな操《みさお》を売る代金の十倍近い。

命と引き替えにしても釣り合うほどの金であった。

「御前さまはなにをお考えなのか」

金を懐にした冥府防人は、深川の岡場所へと足を踏みいれた。

岡場所とは幕府から許しを得た吉原に対して、許可なく開設した遊郭のことだ。吉原のように奉行所の監督を受けることがないため、女たちのあつかいはひどかった。病気や怪我も関係なく、一日中客を取らせるだけではなく、まともな食事も与えない。まさに女の地獄であった。

冥府防人は、深川の岡場所で評判の遊女を続けさまに何人も買った。

「おまえがよさそうだ」

五人目の遊女が部屋に現れたところで、冥府防人が首肯した。

「なんのことでござんしょ」

浅間《あさま》と名のった遊女が気のない声を出した。

「目が死んでいる」

「なにをおっしゃるやら。深川の遊女は目どころか、足の爪まで死んでますよ」

冥府防人の隣にしどけなく座った浅間が、笑った。

「さあ、どうぞ」

浅間が、あっさりと衣類を脱いで全裸になった。

「…………」

冷徹な目で冥府防人が浅間の身体を見た。

「少し痩《や》せているが、悪くない」

「なにを偉ぶっておられるんで。どうせ男のすることは一緒。さっさとすましておくれでないかえ」

浅間が大きく股を開いた。

「病持ちではないだろうな」

冥府防人が、浅間の股間を覗《のぞ》きこんだ。

「どうでござんしょう。深川の女は、胸をやられて血を吐くか、下の病で鼻がなくなるか、どっちにしろまともな死にかたはしやせんからね」

秘部を観察されても、恥じることなく浅間が話した。

「ふむ。よかろう。おい、おまえ」

顔をあげた冥府防人が浅間に声をかけた。

「命と金、どっちが欲しい」

「みょうな客だねえ。そんなもの、深川の女に訊くだけ無駄。命が惜しけりゃ、こんなところにいやしません。ここに落ちてくるにはそれだけの事情がござんす。金が欲しい」

身体を起こして、浅間が答えた。

「出は武家か」

「そんなことは忘れやんした。まだ男も知らないおぼこのあたしを、わずかな借財のかたに売るような親。家名の恥と、あたしの人別はとっくに死人となっておりましょう。出なんぞとっくに捨てやした」

浅間が無表情になった。

「そうか。ならば、金を残したい相手もおらぬか」

「残したい相手……」

初めて浅間が動揺した。

「おまえの命と引き替えに百両。その金を渡す相手はおらぬのか」

ゆっくりと懐に手を入れた冥府防人が切り餅を四つ取りだした。

「……百両」

目の前に積まれた大金に、浅間が息を呑んだ。

「くれてやる」

冥府防人が切り餅を一つ浅間の手に握らせた。

「もちろん、ここから身請けもしてやる」

「なにをさせたいのでございます」

浅間が冥府防人の顔をうかがった。

「人を殺してもらいたい。それが誰かはまだ言えぬが」

冥府防人が語った。

「勘弁してくださいな。人を殺すなんて後生の悪いことは」

聞いた浅間が手にしていた切り餅を捨てた。

「まあいい。今日のところは帰ろう」

冥府防人は切り餅を懐にしまい、代わりに小判を一枚出した。

「また来る」

小判を浅間の胸に張りつけて、冥府防人は部屋を出た。

「お帰りでござんすか」

階下で雑用をしていた岡場所の男があわてて近づいてきた。前払いが原則の岡場所である。帰りは放っておいてもよいにもかかわらず、寄ってきたのは祝儀狙いであった。

「浅間はいかがでやんした。あれほどの女は吉原の太夫にもいやせんぜ。旦那だからこそ、無理をしてあっしが、浅間をいかせやしたんで」

下卑《げび》た笑いを男が浮かべた。はっきり右手を上に向けて金をねだった。

「そうであった」

冥府防人は首肯して、一分金を男の手にのせた。

「こりゃあどうも」

岡場所で一分の祝儀は破格であった。もらった男が驚いた。

「気に入ったぞ。あの女。どこの者だ。江戸か」

さりげなく冥府防人が問うた。

「いえ、出は甲州《こうしゅう》だと聞いておりやす。なんでもそこそこの武家だったとか」

「武士の娘か。それがまたなぜ」

冥府防人は興味を示して見せた。

「なんでも父親が浪人して、江戸へ出てきたはいいものの、金はない仕官の口はないで、食べていけなくなり、借財を重ねた結果、娘をかたに取られる羽目になったとか」

一分の効果は大きかった。

男は知っていることをしゃべった。

「親御はどこのどなたかな」

「そんなことをどうして」

男が怪訝《けげん》そうな顔をした。

「なに、独り身ゆえな。家柄がよければ側女《そばめ》にしてもよいと思っての」

よどむことなく、冥府防人が告げた。

側女とは、正式な妻ではないが、家に入れ、産まれた子供は認知する相手のことである。妾より少し地位が認められていた。

「あの美貌《びぼう》でやすからねえ。そう言われるお方は多ござんすが、浅間にはまだかなりの借財が残っておりやすが」

「金はかまわぬ。今も申したとおり、血筋がの。どうじゃ、調べてくれぬかの。親を見つけてくれれば一両だそうではないか」

冥府防人が懐から小判を出して見せた。

「一両……本当でござんすか」

男が唾《つば》を飲んだ。

「金惜しみはせぬぞ。いろいろ調べてくれたならば一両とは言わぬ。二両でも三両でも払う」

気前のいいところを冥府防人は見せた。

「承知しやした。で、結果はどちらへ」

ぐっと男が息をひそめた。儲《もう》け話を同僚に聞かせたくないのだ。

「三日ごとにここにくる。そのときにな」

冥府防人は家を教えなかった。

「おまかせを。あっしは紀蔵《きぞう》と申しやす」

うなずく男を残して、冥府防人は岡場所を後にした。

「蛇《じゃ》の道は蛇《へび》という。遊女のことはあの手の輩《やから》に任すのが手っ取り早い。なによりも拙者《せっしゃ》は柊と立花を見張らねばならぬ」

冥府防人は、両国橋《りょうごくばし》を渡って、日本橋から桜田門《さくらだもん》へと進んでいった。すでに時刻は七つ（午後四時ごろ）を回っていた。

「いた。忠犬よな。毎日毎日決まった刻限にここへ来て、主が現れるのを待つ。いかに無駄飯ぐいとはいえ、侍のすることではない」

遠くに衛悟を見つけた冥府防人が鼻先で笑った。

「御前さまのお考えはわかる。こうやって立花を見張っておれば、松平越中守の考えを知ることはできる。しかし、迂遠《うえん》ではないのか。松平越中守の動きを知って対処するより、手足をもいでなにもできなくしてしまうほうがよいと思うのだが」

治済から手出し無用と命じられた冥府防人は不満であった。

「手を出してはいかぬものを知らぬ若造ゆえに、みょうなところに触れて殺されてしまうやも知れぬ。あやつは拙者が斬る。そう決めたのだ」

冥府防人がつぶやいた。

小半刻《こはんとき》（約三〇分）ほどで立花併右衛門が出てきた。待っていた衛悟と合流し、麻《あざ》布箪笥町《ぶたんすまち》へと向かっていく。遠く離れて、冥府防人がそのあとにしたがった。

すでに暮れ六つ（午後六時ごろ）近かった。武家屋敷が並ぶ麻布箪笥町の人気はなくなった。

「あれは……」

すっと冥府防人の目が細められた。

途中の路地から二人の男が出てきて、併右衛門と衛悟の後をつけ始めた。

「やくざ者か。気配をかくすどころか、威《い》を張るようにあからさまにしておる。この手の手合いなら十人いたところで、柊の敵にはならぬ」

歩み始めようとした冥府防人が動きを止めた。まるで塑像《そぞう》のように固まった。

やくざ者の出てきたあたりに黒くうずくまる影があった。

「…………」

注意を引かぬようにゆっくり冥府防人が道の壁際《かべぎわ》へと身を寄せた。

残照がうずくまる影を映し出した。

「あれは、伊賀者」

影が着ている忍装束を見た冥府防人がつぶやいた。

面体《めんてい》を隠し、闇にとけこむ忍装束は甲賀や伊賀、根来《ねごろ》など一族によって違っていた。甲賀の忍装束が黒ではなく、柿の葉を燻《いぶ》したような色で染められるのに対し、伊賀はまさに闇そのものの漆黒《しっこく》であった。

冥府防人は甲賀五十三家と呼ばれる忍の名門望月家の嫡子《ちゃくし》であった。もとは信州の豪族で五位土佐守《とさのかみ》に任じられるほどの名門であった望月家を寄合旗本にすることを望んで冥府防人は、ときの大老田沼主殿頭意次の誘いに乗った。

八代将軍吉宗の遺言、十代将軍家治の息子家基の暗殺を請けおった。だが、報酬を受けとることなく、主殺しの罪名をつけられて一族を放逐《ほうちく》された冥府防人は、一橋治済によって拾われた。

今でこそ剣術遣いのような振りをしているが、もとは腕利きの忍である。

冥府防人は、伊賀者の背中を見失わないようにあとを追った。

「遣えるなあいつ」

日を失ったことで生まれ始めた闇を伝いながら冥府防人は感心した。

「気概をなくした伊賀にあれほどの者がまだいたのか」

隙のない背中に、冥府防人がうなった。

まっすぐ前を見ながら、衛悟が併右衛門に告げた。

「みょうな男どもがあとを慕っておりますぞ」

「あからさまだな」

剣術の心得のない併右衛門でさえわかるほど、背後の男は殺気を出していた。

「屋敷まで連れて参りますか」

衛悟は無視するかどうか訊いた。

「それも面倒じゃの。そのあたりでなんとか片付けよ。ただし、殺すでないぞ。先夜のこともある。あまり麻布で人死にが出ては、世間の目がうるさい」

併右衛門が命じた。

「承知」

首肯した衛悟は足を止めた。

「おい、待ちな」

立ち止まった衛悟に、やくざ二人が声をかけた。

「なにか用か」

衛悟は、さりげなく振り返った。

「おめえに恨みつらみがあるわけじゃねえが、金のためだ。悪いが死んでもらうぜ」

大柄なやくざが、すごんで見せた。

「おい、伝平《でんぺい》」

呼ばれた小柄なやくざは無言で懐から匕首《あいくち》を取り出した。

青白い刃《やいば》が、雰囲気を変えた。

「ひっ」

提灯《ちょうちん》を持っていた立花家の中間《ちゅうげん》が息を呑んだ。

「こいつはすでに三人殺している。懐に飛びこむ勢いが稲光のようなところから、雷《いか》土《づち》の伝《でん》とあだ名されてるほどだ。無駄なあがきはやめたほうがいいぜ」

「弱い犬ほどよく吠《ほ》えると申すぞ」

併右衛門が笑った。

なんども白刃の下を潜《くぐ》った併右衛門は、やくざの脅しなど気にならなくなっていた。

「うるせえ、じじい」

伝平が、奔《はし》った。衛悟の左を駆け抜けて併右衛門を襲った。

あだ名に恥じぬだけの疾《はや》さであったが、衛悟は許さなかった。

「足下がお留守だ」

衛悟が左足を出した。

みごとにひっかかった伝平が転がった。

「ぎゃ」

必殺を期して刃を上に向けていたのがあだになった。伝平の肩に己の匕首が刺さった。

「野郎」

苦鳴《くめい》をあげた伝平が、立ちあがりながら、肩から匕首を抜いた。

「ほう、なかなか根性のすわった者よな」

傷にひるまない伝平に、併右衛門が感心した。

「死にやがれ」

右手に握った匕首を伝平が突きだした。

「………」

衛悟は柄に手を伸ばすことなく足さばきでかわした。

「逃げるなあ」

「あほう。刺されるとわかっていて立っている馬鹿がいるか」

再び伝平が伸ばした手を衛悟は抱えこんだ。

「は、離しやがれ」

摑《つか》まれた伝平がもがいた。

「おうよ」

伝平の腕をつかんだまま、衛悟が身体を回し、筋を逆にきめた。

大柄なやくざに、衛悟は背を向けた。

隙《すき》と見て取った大柄なやくざが、長脇差《ながわきざし》を抜いた。

「くたばれ」

怒声をあげて、大柄なやくざが衛悟に斬りかかった。

「………」

衛悟は半歩右へと滑った。

「いてええ」

利き腕を肘《ひじ》で逆にきめられている伝平が、悲鳴をあげて衛悟のいた場所へと押された。

「わ、わあ」

渾身《こんしん》の力で撃ちこんだ長脇差は、止められなかった。

「貞《さだ》の兄貴……」

肩口に長脇差が食いこんだ伝平が、恨めしそうな目で見た。

「す、すまねええ」

貞があわてた。

「もういいか」

衛悟は離していなかった伝平の右手を捻《ひね》りあげた。鈍《にぶ》い音がして伝平の肘が折れた。

「えっ」

ようやく仲間の身体から長脇差を外した貞が啞然《あぜん》とした。

「斬られる痛みを知れ」

伝平の腕を捨てて、衛悟が太刀を鞘走《さやばし》らせた。すでに間合いは一間（約一・八メートル）なかった。

衛悟は構えをとることなく太刀を払った。

「わあぁ」

手にしていた長脇差を放り投げて貞がうめいた。衛悟の一刀は、貞の胸を真一文字に斬った。

殺すなと併右衛門に命じられていた衛悟はほとんど撫《な》でるように太刀を使ったが、胸骨は人体の急所である。貞が激痛に泣いた。

「痛てえ、痛てええよお」

背中を向けて貞が逃げだした。

「おいおい、仲間を置いていくな」

あきれた併右衛門が声をかけたが、貞は後ろを振り返りもせず走り去った。

「薄情なものよな。では、帰るぞ」

足下で気を失っている伝平のことなど忘れたかのように、併右衛門が歩きだした。

「はい」

併右衛門と中間、家士を先に発《た》たせ、伝平への警戒を怠《おこた》ることなく、衛悟は最後尾についた。

「痛い、痛い」

涙を流しながら逃げる貞の前に黒装束が立った。

「話が違うじゃねえかあ。ただの若侍だというから引き受けたのに……伝平のやつ、無事ならいいが……」

泣き言を貞が漏らした。

「無事ではなくなるな」

黒装束に身を固めた藤記が言った。

「へっ」

痛みを忘れて貞が、置いてきぼりにしてきた伝平のほうへと首を回した。

「おまえがな」

藤記が貞の首を掴んでひねった。

「ぎゃっ」

首を真後ろに向けられた貞が白目を剝《む》いて死んだ。

「死人はなにも語らぬゆえ、好きなのだ」

貞をそこに捨てて、藤記は伝平のもとへと駆け、喉《のど》を踏みつぶした。

「……ぐっ」

気を失っていた伝平が大きく目を開けて、一瞬痙攣《けいれん》して絶息した。

「二人を相手するのにおよそ小半刻（約三〇分）弱。無駄にときを使いすぎる。このていどの者ふたりならば、煙草《たばこ》一服吸いつける間でこなさねばならぬ。剣はそこそこ遣えても実戦では役にたたぬ。隙がありすぎるぞ、立花」

併右衛門たちの消えた方向をにらみながら、藤記が闇に溶けた。

しばらくして冥府防人が、貞の死体に近づいた。

「やくざを操っていたのは、伊賀者だったのか。かなうはずがないとわかっていながら使役したようだったが……」

あたりを警戒しながら、冥府防人がうつぶせになっていた貞をひっくり返した。

「傷口をあらためなかったのは、失策だぞ」

貞の襟元《えりもと》を拡げて、冥府防人は驚いた。

「まさか……傷の深さが一定だというのか」

すでに固まりかけている血を払い、指を傷口に押しこんだ冥府防人が絶句した。

「太刀を水平に振るといったところで、手の動きは肩によって規制され、どうしても円を描くようになる。傷口もそれに応じて、左右の端が浅く、真ん中ほど深くなる。だが、こいつの傷はずっと同じ。柊め、いつのまにここまで腕をあげた」

衛悟の与えた傷は、骨を削《そ》いでも内蔵に至ることのないよう調整されていた。

血で汚れた指を貞の着物で拭《ぬぐ》いながら、冥府防人が感心した。

「百の稽古よりも一の実戦。いわば、拙者が鍛えたようなものだが……伊賀者よ。柊を甘く見ては痛い目にあうぞ」

冥府防人が、闇に語りかけた。

四

抜け荷のやり方にはいくつかの方法があった。

一つは、抜け荷を約束した国との間で取り決めた港へ船を向かわせておこなうもの。もう一つは海の上で待ちあわせるものだった。

港で落ちあうものは、荷移しも容易であり、天候に左右されないとの利点があったが、異国の船が人目につくという欠点があった。

一方、海上で取引する場合、人目につかないという利点があるが、かわりに何の印もない海だけに、すれ違う危険が大きい。

薩摩が琉球でおこなっているのは、清国へ朝貢を装った船を出し、向こうの港で交易するものだった。

ロシアとの交易を始める津軽は、薩摩と同じ方法を採れなかった。それは外洋をこえるだけの船を持っていなかったからだ。

鎖国を命じるにあたって、幕府は五百石積み以上の船の所有を禁じた。これによって日本から渡海できる性能を持つ船を作る技も絶えてしまった。

津軽はやむをえず、港を離れた海での取引を選んだ。

「国境を固めよ。他国者《よそもの》を入れるな」

密貿易の開始とともに、津軽は国境を封鎖した。

「御上への言いわけは、いかがいたしましょう」

国境の封鎖は、すぐに幕府の知るところになる。大名たちの謀反《むほん》を警戒している幕府の神経を逆なですることになった。

「南部に看過できぬ不穏ありとでも言っておけ」

問われた家老は、留守居役にそう告げた。

津軽と南部はまさに犬猿の仲である。どちらもが幕府に相手を讒訴《ざんそ》した過去を持つ。幕府も両藩の争いにかかわらないのが暗黙の了解となっていた。

「よろしいのですか、南部の反発を招きかねませぬ」

留守居役は幕府だけでなく諸藩とのつきあいも担当する。南部との間に直接の親交はないが、親戚筋の大名とはかかわりをもっていた。

「気にいたすな。どうせ、いつものことと誰も相手にせぬ」

江戸家老はあっさりと留守居役の危惧を捨てた。

こうして津軽の密貿易は始まった。

初会はたがいの顔見せであり、記念品の交換に近かった。津軽は得た品物の多くを要路への賄賂《わいろ》に使い、儲けなかった。

「今回からが、金のもとよ」

国家老がひそかに運びこまれた物品を見て、ほくそ笑んだ。

密貿易のうまみは、国内でとれたものを高値で外国に渡し、仕入れた国外産の品を高く売ることである。

めずらしい到来物は、江戸や上方の豪商たち好事家が喉から手が出るほど欲しがっている。それこそ、掌《てのひら》にのるような小さなものが千両、万両で取引されるのだ。

だが、唐物《からもの》と呼ばれる外国産の物品を売る手だてを持たない津軽藩は、結局一橋治済を頼るしかなかった。

「伊丹屋を使え」

治済に紹介されて、津軽藩は唐物を伊丹屋に持ちこんだ。

「どうじゃ、伊丹屋」

訪ねてきた回船問屋伊丹屋を書斎に招き入れて、一橋治済が問うた。

「御前に隠しごとをいたすわけにも参りませぬ。正直なことを申しあげますと、津軽は露西亜にあしらわれているようで。買い取ってきた品物はすべて長崎で手にはいるようなものばかり。とても好事家たちの求めるような珍品ではございませぬ」

伊丹屋が首を振った。

「儲けにはならぬというか」

笑いを含んだ声で治済が訊いた。

「こちらで仕入れたものをどのくらいで売られるか次第でございましょうが、よくて百両の儲け。悪ければ千両の損でございましょう」

小さく伊丹屋が首を振った。

「のう伊丹屋。千両損してやってくれぬか」

「津軽の品を買ってやれと仰《おお》せられまするか」

すぐに治済の意図を伊丹屋がさとった。

「うむ。津軽に交易は儲かると思わせねばなるまい」

「それはよろしゅうございますが、何度もとなりますと、私どもがもちませぬ」

伊丹屋が首を振った。

「それに商売というものは、いきなり儲けのでるものではございませぬ。そのところを最初に教えておかねば、大損いたすことになりまする」

商人らしい顔で伊丹屋が告げた。

「かまわぬのだ。津軽に儲けさせてやる必要はない。津軽には幕府の目を引きつけてもらえばいい。儲けは薩摩でであればよい」

あっさりと治済は津軽を見捨てた。

「最初大儲けをさせて、津軽さまをのめりこませようとお考えで」

「うむ。人というのは愚かなものだ。一度覚えた砂糖水の味を忘れることはできぬ。井戸水で我慢しておれば身体をこわさずにすむというのに、あえて毒の入った汁に手を伸ばす」

治済があざけりを浮かべた。

「博打《ばくち》と同じよ。損をしたら次こそ儲けようとして、より深いところへはまってしまう。気づいたときには首までつかり、溺《おぼ》れまいともがくことになる。その末期のあがきが、幕府の目をひいてくれればいい」

「はあ……」

気乗りしない返答を伊丹屋がした。

「薩摩を味方にしておけば、なにかとよいのだ。伊丹屋。聞けばそなたの先祖は摂津《せっつ》の名門荒木村重《あらきむらしげ》だと言う。信長によって滅ぼされなければ、いまごろは摂津の太守として十万石の大名であったかも知れぬ」

荒木村重とは、信長に仕えながら毛利、本願寺と呼応して裏切った戦国大名である。要害有岡城《ありおかじょう》に拠《よ》って、長く信長を苦しめたが、戦況の不利をさとるなり妻子供を見捨てて逃げだし行方不明となった。のち、豊臣秀吉に召しだされ、茶道衆として仕えたが、大名に復帰することはなかった。

「商いにもしもはございませぬ。結果がすべて。儲けたか、損したか。金蔵に積まれた千両箱だけが、事実でございまする」

無表情に、伊丹屋が治済の話を否定した。

「その伊丹屋の血が将軍となるのだぞ」

伊丹屋の言葉など聞いていなかったように、治済が述べた。

治済と伊丹屋の娘の間には男子一人が居た。元服もしていない幼子で幕府への届け出もまだであった。

「……将軍……武家の統領」

つぶやくように伊丹屋が漏らした。

戦がなくなって百五十年以上、世は武功ではなく金で動くようになっている。どれだけ小判を持っているかで勢力は決まり、数十万石の大名でさえ大坂商人の前で頭をさげる時代となっていた。

しかし、ここにどうしてもこえられない身分というのは残っていた。世に言う士農工商である。いかに金で侍を縛《しば》ったとはいえ、商人の身分では、幕府の命令一つですべての財産、命を奪われる。

不条理とも思える身分差を埋めるため、金持ちのなかには、息子に侍の株を買ってやる者も増えていた。

とくに先祖が名のある武家であった町人にとって、侍身分に戻れるとの話は大きな魅力であった。

「どうじゃ。孫への小遣いだと思って千両捨ててくれ」

めずらしく治済が、形だけとはいえ頭をさげた。

「もったいないことを。承知いたしました」

あわてて伊丹屋が平伏した。

「その代わり、御前が将軍となられたあかつきには……」

「わかっておる。儂の跡をつぐのは、そなたの血を引いた者になるであろう」

うかがうような上目遣いの伊丹屋に、治済がうなずいて見せた。

第四章　暗夜鳴動

一

「女を身請けしたい」

紀蔵に案内されて見世《みせ》の主《あるじ》と会った冥府防人は、さっそくに切りだした。

「浅間を落籍《らくせき》でござんすか」

小ずるそうな主が、冥府防人から目をはずした。

「……浅間でござんしょう。……浅間はうちの稼ぎ頭でござんしてねえ。身請けいただくとなりますと……二十両、いや二十五両はちょうだいいたしませんとねえ」

主がすばやく算盤《そろばん》を弾《はじ》いた。

「二十五両。ずいぶんと上を見たな。吉原《よしわら》の太夫《たゆう》じゃあるまい。岡場所の女郎ならば、どう見ても八両、十両も出せば十分なはずだ」

　冥府防人も負けずに下を見た。

「おふざけになっちゃいけやせん。浅間ほどの美形は吉原にもいやしやせん。そうでやすねえ。二十両、これからはびた一文まかりやせん」

「十五両だな」

　簡単に冥府防人は折れなかった。

　女の生き血を吸うような輩《やから》である。言い値で金を払うようなまねをすれば、それを弱みとつけこんでくる。身請けした後からも、難くせをつけて金をせびりに来たり、下手をすれば女を取り返そうとすることもある。無頼相手に引くとろくなことにならないのだ。

「十八両で」

「わかった。証文《しょうもん》を渡せ」

　小判を十八枚並べて、冥府防人が手を出した。

「へい」

　ごそごそと書棚から一枚の証文を主が出してきた。

「これで」

「拡げて見せろ」

受けとらずに冥府防人が命じた。

「えっ」

主の顔色が変わった。

「浅間の本名が違うようだが」

すでに紀蔵から聞いていた冥府防人が、指摘した。

主は別の女の証文を冥府防人に押しつけようとしていた。

「病持ちか、よほど売れない女郎の証文でごまかそうとする気だな」

冥府防人が、殺気をほんの少し漏《も》らした。

「ひっ」

海千山千の主が震えあがった。

「ま、まちがえやした。こ、こちらで」

あわてて主が別の書付を出した。

「……けっこうだ」

証文を懐《ふところ》にしまった冥府防人がすごんだ。

「後をつけようとか、みょうな気を起こすんじゃない。疑わしいことがあれば、それがおまえの手によらぬものでも、関係なく……」

先ほどより少し強く、冥府防人が殺気を放った。

「わ、わかっておりやすとも。どうぞ、浅間をお連れになって」

腰で後ろに這《は》いずりながら、主がうなずいた。

見世から浅間を連れ出した冥府防人は、警戒を怠《おこた》らなかった。あのていどのことで本当にあきらめるようなら、生き馬の目を抜いたうえで売りとばすほどあこぎな岡場所の主などやってはいられない。

冥府防人は浅間をうながして両国橋《りょうごくばし》へと向かった。まだ日は沈んではいないが、暮色があたりにただよい始めていた。

「旦那もものずきなお方でやんすねえ。こんな薄汚れた女を身請けするなんて」

一歩さがって歩きながら浅間があきれた。

「その話しかたはやめよ」

崩れた岡場所の女郎口調を冥府防人がいさめた。

「出自《しゅつじ》が泣こう。藤田栄《ふじたさかえ》。父藤田敬造《けいぞう》、母泰《やす》。弟幾馬《いくま》。父は近江浅井《おうみあさい》一万六百三十石小堀和泉守《こぼりいずみのかみ》家中で馬廻頭《うままわりがしら》であった」

浅間が甲州の出というのは、身を恥じた偽りであった。

「なっ」

藤田栄が絶句した。

「天明《てんめい》八年（一七八八）、小堀和泉守は伏見《ふしみ》奉行在職中に私曲《しきょく》ありとの理由で所領を取りあげられ、家臣は全員禄《ろく》を失った。藤田家の七十石も一夜にして崩壊した。仕官の口を求めて江戸に出てきたはよいが、わずかばかりの蓄えはすぐに底をつき、重代の家宝を売り尽くした後、無理な借財。返せなくなった借金のかたに、おまえは苦界《くがい》に沈んだ。四年前のことだ」

「なぜ」

淡々と冥府防人が語った。

「少し調べればわかることだ」

驚きで立ち止まった藤田栄を、冥府防人が急《せ》かした。

「暗くなるまでに両国橋を渡っておきたい。急げ」

「どうして、そこまでわたくしのことを」

武家娘の口調に戻った藤田栄が、足を止めたまま問うた。

「使い道があるからだ。詳細は家に着いてから教える。今は歩け」

ふたたび冥府防人は栄に命じた。

「金で買われた身。否やは申せませぬ」

冷たい表情で栄もしたがった。

あと二つ辻を曲がれば両国橋というところで、冥府防人が足を止めた。

「どうかなされましたか。急がねばならぬのでは」

動かなくなった冥府防人に、栄が不審な顔をした。

「おまえの見世の主は、よほどの馬鹿らしい」

冥府防人が告げた。

「……やはり」

言われて栄が首肯《しゆこう》した。

「あやつが一度手にした金蔓《かねづる》を手放すはずございませぬ。どうぞ、わたくしを置いてお行きなされませ。そうすればあなたさまだけでも無事に」

栄が、冥府防人をうながした。

「そのつもりはなさそうだぞ。そろそろ姿を見せたらどうだ」

出てこいと、冥府防人が招いた。

前後、左右の細い路地からもやくざ者が姿を出した。

「旦那。さきほどはどうも」

数人を壁にした向こうから、見世の主が顔を出した。

「なにか忘れものでもしたか」

わざと冥府防人は話しかけた。

「いえね。女と金を置いていっていただこうかと思いやしてね。やっぱり考えたんですが、浅間は深川《ふかがわ》きっての女郎。百両はいただかないとお渡しできやせんで」

笑いながら主が言った。

「証文は巻いたはずだが」

「あんな紙切れなんでもございやせん。ここは深川。世間さまの話がとおらないところでござんす」

主がうそぶいた。

「旦那。紀蔵の野郎は、死にやしたぜ。主に内緒で、いらざることをした罰でさ」

「それがどうした。吾《われ》にはかかわりのないことだ」

冥府防人が柄に手をかけた。

「抵抗はやめな。十人いるんだぜ。逆らうなら命ごといただくことになるぜえ」

乱暴な言葉遣《づか》いで、主が怒鳴《どな》った。

「浅間、こっちに来な。そいつの側にいたんじゃ、怪我することになるからよ」

猫なで声で主が呼んだ。

「女は売りもの買いもの。わたくしはこのお方に十八両で買われた身でございまする。今はこのお人が、わたくしの主」

堂々と栄が拒絶した。

「なに武家ぶってやがる。片腹痛いぜ。いったいおめえは何人の男の下であえいだかねえ。まさか、口を拭《ぬぐ》ってもとの身体《からだ》に戻れるとでも思ったか」

顔色を変えて、主が罵《ののし》った。

「さっさとこっちに来るんだ。客が待ってるんだからよ。おい」

主が顎《あご》をしゃくった。

「へい」

退路を塞《ふさ》いでいたやくざ者の一人が、近づいて栄の肩に手をかけた。

「来い……あぎゃあああ」

やくざが悲鳴をあげた。右肩と腕が離れていた。抜く手もみせず、冥府防人が居合いで斬ったのだ。

「な、なにが……野郎、抵抗する気か。やっちまえ。死体は川に流せばいい」

驚きながら、主が攻撃を命じた。

「このやろう」

「死ね」

すぐに二人が反応した。手にしていた長脇差《ながわきざし》を振りあげて、冥府防人に斬りかかった。

「…………」

無言で冥府防人が身体を回した。

斬りかかってきた二人の首がとんだ。

「くっ」

「はえ」

宙に浮きながら、首が最後の声を漏《も》らした。

「なんだ、なにがあったんだ」

「み、見えなかったぞ」

七人に減ったやくざたちが騒ぎ始めた。

「うろたえるな。まだこっちのほうが多いんだ。一気にかかれば勝てる」

主が配下を鼓舞した。

それでも配下たちは進もうとしなかった。

「深川では命より金が重いようだな」

小さく笑いながら冥府防人は懐《ふところ》から財布を出した。

「ここに三十両入っている。吾《われ》を殺したものが取るといい」

わざと財布を揺すり、小判の音をたてた。

「さ、三十両」

あまりにみごとな冥府防人の腕に萎縮したやくざたちの目に光が戻った。

十両盗めば首がとぶのが定めである。三十両あれば、深川を出て人生をやりなおすこともできた。命を賭《か》けるだけの値打ちがあった。

「独り占め」

「旦那さま」

無謀な冥府防人の行動に、栄が驚愕《きょうがく》した。

冥府防人は、やくざたちを逃がさないために三十両を餌《えさ》にしたのである。こやつらを殺すのは造作もないが、いっせいに逃げられれば一人二人は討ち漏らすこともありえた。

この先を考えれば浅間こと栄の素性を知っている者は一人でも少ないほうがよかった。

「わああ」

やくざ者の戦いは、いかに己《おのれ》の頭に血をのぼらせるかにあった。剣の心得など端《はな》からないのだ。ただ、命を捨てて突っこむしか能がない。匕首《あいくち》を腰にためて、身体ごとぶつかるか、長脇差を振りまわしながら駆けてくるだけのやくざにとって、おびえはなによりの敵であった。

「わあああ」

最初に興奮したのは、冥府防人の右手にいた若いやくざだった。匕首の刃《やいば》を上に向けて、まっすぐに冥府防人を目指して来た。

「政《まさ》、おめえに金は渡せねえ」

すぐに他のやくざたちもかかってきた。

「……ふん」

鼻で笑って、冥府防人が手にしていた大太刀を水平に振るった。

「ぎゃあ」

「ぐへっ」

「わあああ」

一刀で三人が倒れた。

「ば、ばけもの」

さっと血の下がった二人が、足を止めて背中を見せた。

「逃がすと思うか」

五間（約九メートル）あった間合いを、小柄な冥府防人は三歩でなくした。

「ひゃあああ」

背中から突きとおされて一人が死んだ。

「えっ、なに、どう」

返す刀が己に向かってくるのを見たやくざ者が、わけのわからないことを口走った。

濡れぞうきんを壁にぶつけたような音がして、やくざ者の脇腹が裂けた。

たちまち五人減った。

「……ひくっ」

主の喉《のど》がみょうな音をたてた。

「た、たすけてくれ」

最後の一人となったやくざ者が泣きそうな声で言った。

「おまえは、命乞いした者を助けたことがあるか。泣いて嫌がる女を犯さずに帰したことがあるか」

　ゆっくりと冥府防人が近づいた。

「あ、足を洗う。え、江戸を売る。だから、命だけは……」

　手にしていた長脇差をやくざ者が捨てた。

「…………」

　応えずに冥府防人は近づいた。

「だ、旦那。浅間のことはきっぱりとあきらめやした。どうぞ、お連れになって……この」

　三間（約五・四メートル）の距離になった冥府防人目がけて、主が最後の一人を蹴りとばした。

「な、なにを」

　盾《たて》にされたやくざ者が悲鳴をあげた。

「おぼえてや……」

　捨《す》て台詞《ぜりふ》を残して、路地へ逃げこもうとした主が転んだ。

　冥府防人の投げた大太刀によって主は左足を断たれていた。

「ひゃあああ」

得物を失った冥府防人に勝機を見いだした最後の一人が、懐から匕首を出して、決死の勢いで突いてきた。

「旦那さま」

栄が、悲鳴をあげたほど、するどいものだったが、冥府防人の相手ではなかった。

「ぬん」

振り返りざまに、冥府防人の抜いた脇差が、最後の一人の喉《のど》を割った。

「かはっ」

口から血を吐《は》いて最後の一人が崩れた。

「ご無事で」

大太刀を主の身体から抜いている冥府防人へ、栄が気遣《きづか》いの声をかけた。

「ほう」

死体を目のあたりにしてもおののく様子のない栄に冥府防人は目を見張った。

「怖くはないのか」

大太刀をていねいに拭《ぬぐ》いながら、冥府防人が問うた。

「女にとっての地獄に住んでいたのでございまする。人の生き死にで心を痛めるような弱さはとうに失いました」

眉《まゆ》をひそめもせず、栄が死んでいるやくざたちを見た。

「……ますますけっこうだ。行くぞ」

大太刀と脇差を鞘《さや》に戻して冥府防人は歩きだした。

両国橋を渡った冥府防人が、栄を連れていったのは、品川《しながわ》近くにある伊丹屋の寮であった。

声をかけることなく格子戸を開けた冥府防人を、玄関式台に座った妹絹《きぬ》が迎えた。

「お帰りなさいませ」

武家娘風の装いをした絹が頭をさげた。

「このお方が……」

「ああ。藤田栄と言う。今日からしばらくの間、任せる」

冥府防人が、玄関前でたたずんでいる栄を紹介した。

「承知いたしました。栄さまとおっしゃいますのね。どうぞ、こちらへ」

ていねいな態度で絹が誘った。

「こちらは……」

「絹。我が妹で、今後おまえの世話をすることになる。すべては、絹の指図に従え」

言い残して冥府防人は栄を置いて寮を出ていった。

「あのお方はどうして」

栄は絹へ問うた。

深川の岡場所で女郎をしていた女を身請けする目的は一つしか考えられない。身体をもてあそぶためである。しかし、冥府防人はあっさりと去っていった。男といえば獣のように己《おのれ》の身体を求めてくるものと身に染みていた栄がとまどったのも当然であった。

「身体をおもちゃにされるほうが、はるかにましでございますよ」

にこやかに笑いながら絹が言った。

「あなたにはこれから人として許されざる大罪を犯していただくことになりまする」

「大罪……いったいなんのことでございますか」

言われた栄が、両手で己の肩を抱いた。それほどの寒気が絹から発せられていた。

「将軍を害していただきます」

あっさりと絹が告げた。

「な、なにを」

苦界に身を落としたとはいえ、武家の娘である。それがどれほどの罪か理解していた。

「あなたはここで一ヵ月の間、薩摩《さつま》藩士の娘として化けの皮が剝《は》がれないように訓練していただきまする。そのあと、御台所《みだいどころ》さま付きの女中として大奥へあがるのです」

絹が説明し始めた。

「無茶な……」

「黙ってお聞きなさい。もうあなたは選ばれてしまったのですよ。断ればあなたはもちろん、ご両親も弟さまもこの世から消えていただくことになりまする」

表情を変えることなく絹が話した。

「なんということを。わたくしだけでなく、弟まで」

聞かされた栄が絶句した。

「しかし、上様を害したところでわたくしが逃げられるはずもございませぬ。捕まえられて一族根絶やしになることは決まっておりましょう。ならば、ここで殺されても同じ」

栄が反論した。

「ちゃんと話を聞かれましたか。わたくしは、薩摩藩士の娘としてと申しあげたはずでございますよ」

「それは……」

「はい。あなたが任を果たしてくだされば、ご一族は傷つくことなくすみまする。それどころか、ちゃんとした仕官の道を用意いたしましょう」

絹が懐から紙を取りだし、書かれている文字を読みあげた。

「すでに話はできておりまする。三日後、幾馬《いくま》さまは、弘前《ひろさき》藩津軽家のご家老とお会いになる。その結果、幾馬さまは百石馬廻役《うままわりやく》としてお抱えいただく手はずになっておりますれば」

「幾馬が仕官できるのでございますか」

身をのりだして栄が尋《たず》ねた。

「お疑いならば、わたくしとともに三日後津軽藩上屋敷に参りましょう。もっともあなたさまは、藤田家の籍を抜かれた身。弟さまにお会いいただくことはできませぬが」

紙を栄に渡しながら、絹が言った。

家名の汚れと栄の父は娘の人別を藤田家から抜いていた。今の栄は無宿人と同じである。町奉行所に見つかれば、入牢《じゆろう》させられ、石川島《いしかわじま》の人足寄場へと送られる。

「一目でも幾馬を見られるので」

栄が勢いこんだ。

「はい。津軽藩士となった幾馬さまは、ふさわしいお家柄から妻を娶《めと》られることになりましょう。そうしてお子さまができれば、途絶えた藤田家の家名がふたたび続くのでございますよ」

武家にとって家名ほど重要なものはなかった。子供も物心つくころからそれを教えられて育つ。まさに骨の髄《ずい》まで家名の重さが刻みこまれるのだ。

女郎にまで身を落とした栄であったが、家名大事の思いだけは残っていた。いや、消せなかった。

「わたくしは、命じられたことをすればよろしいのでございますね」

確認を栄が口にした。

「ええ。心配はなさらずとも大丈夫でございまする。あなたさまが無事に将軍家を害されたら、殺してさしあげまする。そうすれば御上に捕まることもなく、二度と男に抱かれずともすみましょう」

「よろしくお願い申しまする」

覚悟を決めた顔で栄が承諾した。

二

お庭番《にわばん》は将軍にだけ仕える。

かつて紀州藩主から将軍となった吉宗は、腐りきっていた幕府役人たちを信じることができず、国元から腹心の家臣を呼んだ。それがお庭番の始まりであった。

表向き十七家のお庭番であったが、そのじつ、いくつかの隠れもいた。その代表が大老格にまであがった田沼主殿頭《とのものかみ》意次であった。

「父はなにを考えておる」

吹上《ふきあげ》庭を一人で散策している家斉が空中に問うた。音もなく庭木から灰色のお仕着せを着た庭小者が目の前に降りてきた。

お庭番村垣源内《むらがきげんない》である。

「村垣、調べてきたことを申せ」

大奥で側室を抱き、子供を作るしか能がないと思われている家斉は、なりたくもなかった将軍の地位にへきえきしながらも、揺らぎ始めた幕府の屋台骨を支えようとしていた。

「薩摩と津軽へ抜け荷をさせた理由はなんだと思う」

一橋治済《はるさだ》は家斉の父であるが、身分としては将軍とその一門になる。

「金ではあるまいと愚考つかまつりまする」

膝《ひざ》を突いた姿勢で、家斉のつま先に目をあわせながら村垣が答えた。

御三卿《ごさんきょう》は御三家のように独立した一個の藩ではなかった。将軍家内々の家と呼ばれ、一族のあつかいであった。

一橋、田安、清水の三家には幕府から十万俵が一年の経費として与えられるが、家臣はすべて旗本御家人から選ばれるため、禄を支給する必要がない。館の補修なども普請奉行がおこなううえ、諸大名のようなお手伝いや参勤交代もしないので、内証はかなり裕福であった。

「薩摩と津軽にあがりの分け前をせびっているのは、隠《かく》れ蓑《みの》だと申すか」

家斉が言った。

「ご明察に存じまする」

村垣源内がいっそう頭をさげた。

「金もある、身分もある。それでいて将軍のように言動を縛《しば》られることもない。このうえ、父はなにを欲しがっておられるのか」

「津軽にも薩摩にも人を入れてございますれば、いずれつまびらかになるかと」

あっさりと村垣はお庭番が両国を見張っていると述べた。

「頼んだぞ。越中守《えっちゅうのかみ》にも報《しら》せてやれ」

「よろしゅうございますので」

お庭番はただ将軍にだけしたがう。八代将軍吉宗の孫で、幕政顧問とされる溜間《たまりのま》詰《づめ》である松平越中守定信といえども相手にはしていなかった。

「一つまちがえば、越中がここにいたのだ。教えてやってくれ。余の指示と違わぬかぎり、言もきいてやれ」

「仰せとあらば」

命じられて村垣が首肯《しゅこう》した。

「頼んだぞ」

家斉は中断していた散策を再開した。

将軍の日常はかなりきびしく決められているように見えるが、忙しいのは昼までであった。

朝のうちは、御用部屋から回ってくる政《まつりごと》の案件に決裁を入れたり、登城してくる大名たちの挨拶《あいさつ》を受けたりとかなり忙しいが、午後になると余裕ができた。

御用部屋から突然緊急の用件が入ることはあったが、ほとんど大奥にはいるまでしたいことをすることができた。

小姓組士たちと歓談、将棋囲碁などを楽しんでもよかったし、柳生《やぎゅう》や小野《おの》を呼びだして剣術の稽古《けいこ》をしてもかまわなかった。

武術も学問も得意ではない家斉は、天気がよければ広大な吹上の庭を散策するのを日課とし、そこで村垣源内の報告を受けた。

ゆっくり一刻（約二時間）ほどかけて庭を巡った家斉はようやく御休息の間へと戻った。

「上様、ずいぶんとお長いご散策でございますな」

御休息の間の下座で松平越中守定信が待っていた。

「越中か。呼んだ覚えはないぞ」

たちまち家斉は不機嫌な顔をした。

「ご散策を悪いと申しあげておるのではございませぬ。今少し短めにお願いをいたしたいと存じまする。上様が御座におられませぬと、御用部屋の者どもが報告に困りますれば」

松平定信が苦言を呈した。

「ああ。もうよい。なにかあれば庭まで小姓が呼びに来るではないか。少しばかりのことは大目に見よ」

聞きたくないと家斉は松平定信を押さえた。

「で、何用じゃ」

「少しばかりお話しいたしたき儀がございまする。勘定方《かんじょうがた》の者に聞きましたところ、今年も陸奥《むつ》のほうでは、日照りが続き、雨が例年よりも少ないとのこと。天明の飢饉《ききん》とまでは申しませぬが、かなり不作が予想されるようでございまする。かのおりの老中はあの田沼主殿頭でございましたゆえ、東北の飢饉に無為無策となりました。それは悔やんでも悔やみきれぬことでございまするが、同じ愚をおかさぬように、幕府としてもお救い米の用意、江戸へ流入して参る逃散民どもへの対処を考えておかねばならぬのではないかと……」

「ああ。うるさい」

家斉がさえぎった。

「そのようなことは、御用部屋でいたしておろう。それに天領であれば、幕府が手を打つこともできようが、大名領には手出しができぬ。大名から助けを求めて参ったならば、お救い米でも金でも融通してやるにやぶさかではないが、なにも申して参らぬうちは口出しせぬが慣例。違うか、越中」

大名たちは幕府の統制を受けてはいたが、表向き独立していた。江戸での火事でも同じである。屋敷がどれだけ燃えていようとも、表門を開いて火消しを受けいれないかぎり、いっさい手出しができないことになっていた。

「それでは後手にまわりまする」

黙りこむような松平定信ではなかった。

「天明の飢饉では、その慣習が障害となり、東北で数十万という餓死者を出しましてござる。あのおり幕府に救うだけの力はございました。凶作となったのは常陸《ひたち》の国以北。東海以南では豊作でございました。なのにあれだけの死者を出したのはなぜでございましょうか。今、上様が申された幕政の慣例でござる。藩同士による米の融通は、諸藩のかかわりを深め、謀反《むほん》へ繋《つな》がりかねぬと幕初の執政どもがこれを禁じた。このために、津軽藩への援助を南部も酒井もできなんだのでござる。ああ。もっとも南部は津軽が死に絶えようとも米一粒たりとて送りませんでしょうが」

松平定信が滔々《とうとう》と話しだした。

「いまどき、どこの大名に謀反をするだけの気概がございましょう。関ヶ原で徳川に敵対した、薩摩の島津、長門《ながと》の毛利、味方ではあったが帰趨《きすう》によってはどうなったかわからぬ仙台の伊達、加賀《かが》の前田、熊本の細川《ほそかわ》、博多《はかた》の黒田。外様の雄たちも、今では明日の金に困るありさま。なによりもどの家も将軍家と婚姻《こんいん》を為して一族になっておりまする。徳川はなにを怖《おそ》れることがあるのでございましょう。人は泰平に馴《な》れ、武士は刀を抜いたことさえない。戦《いくさ》などできませぬ」

「……ううむ。たしかにそうであるが」

家斉も同意するしかなかった。

「戦を怖れる。その心は必要でござる。しかし、戦をするにも人がなくてはできませぬ。武士もそうでござるが、米を作り国を支える百姓こそ重要なのではございませぬか。その百姓を数万、数十万と失えば、国は荒れまする。昨今、我が国の周辺へ姿を見せ始めた異国の船。かの船が友好を求めて参ったのであればよろしいが、侵略の意図があった場合どうなりましょう。国が荒れているところを襲われれば、抵抗することもかないませぬ」

しっかりとした声で、松平定信が談じた。

家斉と松平定信はときどきこうやってわざと口論するような振りで、幕政の穴を議論した。二人の意見をすりあわせていたのだが、御休息の間近くに控えている小姓、納戸方《なんどがた》、御殿坊主《ごてんぼうず》たちに聞かせる意味もあった。

「かつて田沼主殿頭は国を開くべきだと申しました。あのおり、わたくしを含めた執政衆は、反対いたしました。その理由は鎖国は幕府の祖法なりというものでございましたが、わたくしだけは違っておりました。時期尚早だと思ったからでござる」

「時期尚早だと」

松平定信の言葉に家斉が食いついた。

「はい。幕府は諸外国とのつきあい方をまだ定めておりませんでした。いや、いまだに決めておりませぬが」

「長崎の出島《でじま》と同じでよいのではないか」

鎖国といいながら、幕府は阿蘭陀《オランダ》と清《しん》に門戸を開いていた。

「上様、あれが正しいとお思いか」

あきれた顔で松平定信が首を振った。

「出島でよくぞ阿蘭陀が我慢していることでござる。幕府ができた当座は、それでよかったのでござろう。船や航海の技術がそれほど進んではおりませんでしたからな。無事に何隻たどり着くかわからぬようでは、大船団というのをくりだすことはかなませぬ。あまりに博打《ばくち》でございますからな」

「今はそうではないと申すか」

わかっていて家斉は問うた。

「はい。すでに南蛮では風上へも進める船を作っておると申しまする。どのような仕組みで船が動くのかはわかりませぬが、潮の流れよりも早いとか。また、千石より大きく、多くの荷物を積むことができるそうでござる」

「なるほどな。そうなれば出島ではなく、もっと人の多いところへ荷物をもって行くほうが便利になるか。たとえば、大坂、あるいは……」

「さよう江戸でございまする」

松平定信が首肯した。

「ふうむ。江戸に入りこまれてはちと面倒じゃの。攻めこまれては困る」

「そのあたりのことも含めて、執政どもに検討をお命じなさいませ。早急になさいませぬと、大きな弊害が生じましょう」

「大きな弊害と申したの。なんじゃそれは」

「良港を持つ諸藩による勝手な交易が始まりかねませぬ」

本題へと松平定信が入った。

「抜け荷をする藩が出てくると言うか」

「はっ。ご存じの通り幕府がおこなっておりまする長崎の利だけで、年数万両になりまする。しかも入港する阿蘭陀、清の船に制限をかけていてこの金額でござる。無制限におこなえば、数十万両得ることも夢ではございますまい」

「ううむ」

あまりの大金に家斉もうなった。

「金だけではございませぬ。戦国の合戦を変えた鉄砲も南蛮から種子島《たねがしま》へと伝わったもの。おなじことが起こらぬとはかぎりませぬ。それこそ、今の鉄砲など子供のおもちゃにしか思えぬ武器が、幕府の目の届かぬ所で入ってきているやも知れぬのでござる」

「なるほどの。金と新兵器があれば、戦をしたがるか」

「はい。今は戦をするだけの金がなく、幕府に勝てるだけの武備がないからこそ謀反は起こらぬのでございまする。なればこそ、先ほどわたくしめが申しました藩をこえての交流も認められるのでござる」

「越中、そなたの申すことは相反しておるのではないか」

「いいえ。上様」

家斉の問いかけに松平定信が首を振った。

「大名同士の交流、諸外国とのつきあい。両立は可能でございまする。ともに幕府が主導すればよろしいのでござる。幕府が管轄《かんかつ》しているなかでのみ、認めるのでござる。出島のような小規模ではなく、大々的な交易も幕府が担えばよろしい。江戸を開くことも含めて、諸外国との交易に便利な港をすべて幕府が手にすればすむ話でござる」

「上知《じょうち》させるというか」

聞いた家斉が目を見張った。

上知とは大名の領地を幕府へ差しだささせることである。

「奪うのではござらぬ。借りるのでござる。港を借りる代わりに、交易の上がりの何分かを渡してやればよろしい」

「幕府が諸大名から土地を借りると。そのようなこと体面が許さぬ」

とんでもないと家斉が否定した。

徳川は力で大名たちを抑えこんで、征夷大将軍の地位を奪い幕府を作ったのである。いわば、すべての大名たちは徳川に膝《ひざ》を屈し、以後臣従するので潰《つぶ》さないでくれと哀願した連中であった。その証拠に徳川の城下町である江戸に妻子を人質として置き、二年に一度は参勤交代と称して、将軍の機嫌をうかがいにやってくるのだ。

「上様、名はたいせつでございまするが、利を取るべきときもございまする」

興奮する家斉をなだめるように、松平定信がおだやかな口調で告げた。

「一同下がれ、越中に意見するゆえな」

家斉が人払いを命じた。

将軍が大名を叱《しか》れば、それはなんらかの罰を伴う。軽いものでお目通り禁止から、最悪お家お取り潰しまであるのだ。

余人が居なければ、どのように叱っても表向きはなかったことにできる。家斉は松平定信への気遣いをせよと、家臣たちに命じた。

二人の話を聞いていた者たちが、うかつに聞こえるところにいて巻き添えを食ってはたまらないとばかりにあわてて御休息の間を離れた。

人の気配がなくなったのを確認して、家斉が松平定信を招いた。

「近くに参れ」

「上知とはおだやかではないぞ」

小声で家斉が言った。

うまみのあるところを取りあげられる大名たちの反発は簡単に想像できた。さらに良港となると、要害の地であることも多く、徳川の親藩、あるいは三河《みかわ》以来の譜代のものであることが多い。まっさきに従うべき親藩や譜代が、頑強に抵抗しかねなかった。それは幕府の威信を地に落とすことにつながった。

「しかし、他に方法はございませぬぞ。すでに薩摩、伊達、前田、宗、松浦《まつら》が抜け荷に手を染めておりまする。津軽もそうでございましたな。あと土佐《とさ》の山内《やまのうち》、三家の紀州もなにやら動いているとのこと。時機を逃せば、大事になりましょう」

「紀州もか。御三家が抜け荷に手を染めたとわかれば、しめしがつかぬな」

家斉がうなった。

「上様、抜け荷が窮乏《きゅうぼう》している藩財政を建てなおすためだけの間はよろしゅうございまする」

「どういうことぞ」

「藩の蔵に金が満ちたとき、抜け荷の目的が利ではなくなる。これがおそろしいのでございまする」

問いかけた家斉に松平定信が応えた。

「武器を買うと申すか」

「はい。南蛮の新兵器をそろえた外様に幕府は勝てませぬ。そうなる前に港を御上みずからが押さえておかねば……」

松平定信が重大な危惧《きぐ》を告げた。

「なれど上知は騒動のもとぞ。それならば、良港を持つ藩を転封させて、あとを天領にするほうがよいのではないか」

「それこそたいへんなことになりまするぞ。いったいいくつの藩を国替えせねばならぬか、考えただけでも気が遠くなりまする。それに……」

「それに……なんじゃ」

言いよどむ松平定信を家斉がうながした。

「上知は今でなければできますまい。幕威は日毎《ひごと》に落ちておりまする。おこなうなら、上様の御世《みよ》が限度でございましょう」

重い口調で松平定信が述べた。

「幕府はもたぬか」

衝撃も受けずに家斉は受け止めた。

「はい。あまりに怠惰《たいだ》でございました。やはり侍は戦があって初めて武士たるのでございまする。今の旗本御家人では、一揆《いっき》にさえ勝てますまい。このことに朝廷が気づいたとき、幕府は倒れましょう」

「朝廷か」

窓の外へ家斉が目をやった。

「上野の寛永寺に座する輪王子宮《りんのうじのみや》。誰もが朝廷が幕府へ差しだした人質と思っておろうが……」

「そのじつは、朝廷が江戸に打ちこんだ楔《くさび》」

家斉の続けなかった言葉を、松平定信が口にした。

三

老中太田備中守《びっちゅうのかみ》資愛《すけよし》の留守居役《るすいやく》田村一郎兵衛は、またもや夜中に目をさまさせられた。

「日中に来るという気にはならぬのか」

枕元に座っている伊賀《いが》忍者藤記へ田村がぼやいた。

「昼は忙しいでござろう」

悪びれる風もなく藤記が言った。

「で、なんじゃ。用件を言え。明日も早いのだ。少しでも眠っておきたい」

「ならば、毎晩妾《めかけ》を抱かねばよい。女との睦み合いは疲れをためる」

田村の愚痴《ぐち》を、藤記は気にしなかった。

「奥右筆《おくゆうひつ》に仕掛けまするゆえ、お手伝いを願いたい」

「手伝えとはどういうことじゃ。儂《わし》は刀など遣えぬぞ」

藤記の話に田村が首を振った。

「誰も貴殿に太刀を抜けとは言わぬ。かかしに刀をくりつけたほうがましであろうからの」

小さく笑いながら藤記が続けた。

「奥右筆組頭《くみがしら》立花併右衛門の帰宅を遅くしていただきたい。そう、三日後、少なくとも外桜田門《そとさくらだもん》を暮れ六つ（午後六時ごろ）前に通ることのないように」

「暗くなるまで城中に足止めせよというわけか」

すぐに田村は頭のなかで思案した。

「わかった。仕舞《しま》い間際《まぎわ》に書付《かきつけ》を回すように手配しよう」

田村が首肯した。

「では、おやすみあれ」

すっと音もなく枕元から藤記の気配が消えた。

「ばけものめ」

小さくつぶやいた田村に、妾が手を伸ばしてきた。

「いや。まだまだよ」

「旦那さま、もう、お起きなさいますので」

目覚めかけた妾をなだめるように背中をなでてやりながら、田村はどのような用件で併右衛門を足止めするか考えていた。

奥右筆の仕事は暮れ七つ（午後四時ごろ）までであった。もちろん担当している案件によっては、それ以上遅くなることもあったが、江戸城諸門の門限である暮れ六つまでには終えるように決められていた。

朝はそれこそ始業と同時に山のように書付が回ってくる奥右筆部屋も、七つ前ともなると区切りが付いてくる。

これは奥右筆の許可が出た書付でも、終業前では担当部署に届けるだけとなり、実際に効力を発揮するのは翌日となるためである。

翌日ですむ書類は明日でが、幕府役人の慣例であった。

仕事を必死でして功をあげても、一回失敗すればそれまでなのだ。ならば、傷の付かないていどにそつなくこなすほうが、安全であった。

幕府の役人から、進んでなにかをするという気概は消えていた。

「では、一段落いたしたので、少し早いですが、お先に」

併右衛門の同役加藤仁左衛門が筆を置いた。

「お疲れさまでござった。なにか、申し送りでもござるかな」

あと二枚ほど書付を残していた併右衛門が問うた。

まだ七つには少しあるが、用がなければ帰宅しても問題になるほどではなかった。

「さようでござるな。津軽の石高検《あらた》めの書付が大目付《おおめつけ》どのより返ってきております。認められぬとのことでござる。ひょっとして奏者番《そうしやばん》衆からその一件について聞き合わせがござるやも」

考えるようにして加藤仁左衛門が言った。

石高検めとは、表高と実高をあわせることである。稲作の発達でかつてよりも収穫は増え、表高より実高が多くなっていることが多い。津軽は家格をあげたいがために、それをただしてくれと申し出たが、大目付によって却下されていた。

「承知いたした」

併右衛門はうなずいた。

奏者番とは数万石の譜代大名から選ばれる役であった。将軍に目通りする者の紹介、献上品の確認、役目で江戸を離れる者、任地から戻ってきた者の異動報告などをするのが任である。すべての大名役人の名前と来歴などを覚えなければならず、凡庸《ぼんよう》では勤まらなかった。役目柄諸侯とのつきあいもあり、なにかと用件を頼まれることも多い。

「よろしゅうございましょうか」

気兼ねした顔で御殿坊主が併右衛門に声をかけた。

「火急の書付でございまする」

御殿坊主が塗りの箱に入った書付を併右衛門に差しだした。

「わたくしがいたしましょう」

立ちあがっていた加藤仁左衛門が口を出した。

「いや、ご貴殿の筆はすでにしまわれておりますれば、どうぞ。お帰りを」

併右衛門が首を振った。

筆で仕える奥右筆の慣例である。筆を洗い文箱の蓋《ふた》を閉じれば、退出したものと見なすことになっていた。

「よろしいのか。それでは、御免《ごめん》」

勧められて加藤仁左衛門が下城していった。

「どれ、預かろう」

嫌な顔もせずに併右衛門は書付を受けとった。

「かたじけのうございまする。七つ前の書付は明日とご存じのはずでございますが、どうしてもと申されまして」

御殿坊主がほっとした表情を見せた。

「御老中太田備中守さまからとなれば、お断りもできますまい。御坊、ご苦労でござる」

併右衛門は御殿坊主をねぎらった。

七つ過ぎには終わるはずであった仕事は、結局六つ前までかかった。

「やれやれ、急がねば」

すばやく併右衛門は、帰り支度《じたく》をすませた。

併右衛門の帰途にある内《うち》桜田門、外《そと》桜田門は六つになると閉じられた。もっとも大門が閉まるだけで、潜《くぐ》りは子《ね》の刻（深夜十二時ごろ）まで開いている。しかし、通るときには警衛している番士に名のらなければならず、何回もくりかえすと内々に目付衆へ報されることがあった。

「まにあったわ」

背後に外桜田門が閉じられる重い音を聞きながら、併右衛門はほっとした。

「遅うございましたな。お役目お疲れさまでござる」

外桜田門を出たところで衛悟が待っていた。

「すまぬな。腹が空いたであろう。夕餉《ゆうげ》を喰《く》っていくがいい」

併右衛門が衛悟を誘った。

実家にとって厄介者《やっかいもの》でしかない衛悟の夕餉は粗末であった。飯こそ兄と同じ白米であったが、おかずは決まって大根か菜っ葉の煮付けと漬けものだけで、魚のつくことは年に二度もなかった。

さらに飯は茶碗に盛りきりの一杯かぎりと決められており、少し激しい稽古《けいこ》などした日は、夜具に横たわっても空腹で眠れないこともあった。

おかず自体はそんなにかわらないが、遠慮なくお代わりの許される立花家での夕餉は衛悟にとって給金と並ぶ報酬《ほうしゅう》であった。

「立花どの。これはお返しいたす」

衛悟は、懐から五両出した。

「博打場《ばくち》に行けなかったか」

すぐに併右衛門は見抜いた。

「申しわけござらぬが、わたくしめには任が重すぎまする」

ゆっくりと衛悟は首を振った。

「まあよいわ。もともとそなたには剣しか求めておらぬゆえな。しかし、もう少しうまく立ち回れぬのか。正直だけで世は渡れぬ。このままでは、とても文筋へ養子に行くことは難しいぞ」

五両を受けとりながら、併右衛門がたしなめた。

「はあ」

四方山話《よもやまばなし》をしながら、二人は麻布箪笥町《あざぶたんすまち》へと向かった。

暮れ六つの門限を過ぎた武家町は閑散としていた。

「来やがったぜ」

黒田家中屋敷の角を曲がった衛悟と併右衛門を無頼が三人待ち受けていた。

「あの二人をやりゃあいいんでやすね」

年嵩《としかさ》の無頼が背後にたたずむ武家へ確認した。

「ああ。旗本……」

「素性なんぞ必要ござんせん。あっしらは頼まれたことをやるだけなんで」

説明しかけた武家を年嵩の無頼が止めた。

「けっこうだ。やって欲しいことはさっきも言ったように、少し痛い目にあわせてくれればいい。若いほうは右腕の一本も折ってくれ。年寄りは足でも……そのあたりは

「適当にな」

武家が答えた。ちょっとした大名の中級藩士らしい身形《みなり》をしているのは、藤記であった。

「適当にって……あんな年寄り、あっしが撫《な》でただけで逝《い》ってしまいそうですぜ」

体格の大きな無頼が笑った。

「あと人を呼ばれては面倒ゆえ、中間《ちゅうげん》と家士の足止めも忘れるな」

下卑《げび》た笑いを無視するように藤記が続けた。

「抜かりはござんせん」

年嵩の無頼が請けおった。

「約束の前金だ」

藤記が金を差しだした。闇をものともしない黄金の輝きが無頼の目を引きつけた。

「遠慮なく」

年嵩の無頼が受けとった。

「竹《たけ》の兄い」

体格のいい無頼が物欲しそうな声を出した。

「虎《とら》、金はあとだ。月蔵《つきぞう》、おめえはじじいをやんな」

「へい」

月蔵が首肯した。

「残りの金は、一刻（約二時間）のちに両国橋の西詰めでな」

そう言い残して藤記が闇に消えた。

「後金を受けとってから配分してやる。しっかり働くんだ」

竹が二人に命じた。

「頼んますぜ」

まだ不満そうに虎が言った。

五間（約九メートル）先に現れた三人の人影に併右衛門が嘆息した。

「立て続けじゃの」

「……たしかに」

衛悟も苦笑した。

「奥右筆組頭とは、ここまで剣呑《けんのん》なお役目だったとはな」

衛悟の背中にまわりながら、併右衛門があきれた。

「お役目が敵を呼ぶのか、お立場が招くのか。どちらでしょうな」

太刀の鯉口《こいぐち》を切りながら、衛悟は述べた。

「ふん。半人前のくせになかなかの口をきくの。それだけの働きを見せてもらおうか」

併右衛門が、さっさと片づけてこいと手を振った。

「なにをくっちゃべってやがる」

肩をいからせて無頼が近づいてきた。

「我らは御上役人である。無礼は許さぬ。ただちに立ち去るがいい」

いちおう併右衛門が無頼たちをさとした。

「聞こえやせんなあ。旦那」

竹が首を振った。

「じじい。黙ってな」

虎がわめいた。

「おまえがうるさい」

衛悟はすぐに太刀を鞘走《さやばし》らせた。

「おっ、だんびら抜きやがったぜ」

白刃の輝きにも、無頼は臆《おく》さなかった。

「手慣れているようだな」

青眼に構えながら衛悟は、ずっと黙っている月蔵に注意を払った。しゃべっている間、人はなかなか動き出せないものであった。とくに命のやりとりとなると、息を吐くようなまねをしていては気合いがたまらなかった。

「廓《くるわ》で女が待ってるんでね、そろそろ始めさせていただきやしょう」

首を動かして竹が配下に目配せをした。

「……かああ」

無言だった月蔵がいきなり併右衛門目がけて奔《はし》った。

「な、なに」

少しは肚《はら》が据《す》わったとはいえ、剣の素養のない併右衛門はとっさの対応に遅れた。

「くたば……」

月蔵の叫びは最後まで続かなかった。

「……」

警戒していた衛悟の一刀が、月蔵の背中を断ち割っていた。

「やろう」

切っ先が己《おのれ》からはずれたのを好機と見て、虎が衛悟に迫った。

「おう」

衛悟はあわてることなく、虎に対峙《たいじ》した。

「得物を持たないあっしに斬りつけやすかい。お武家さま」

嫌らしい笑いを浮かべながら虎が両手を拡げて、衛悟をつかもうとした。

「ぬん」

応えることなく衛悟は太刀を二度振った。

「ぎぃあああ」

両腕を肘《ひじ》から斬り落とされた虎が絶叫した。血のあふれる両腕を振りまわして、虎が転がった。

「月蔵、虎」

一瞬で二人の配下がやられた竹が息を呑《の》んだ。

「賊に正々堂々を求められる覚えはないの」

併右衛門が衛悟の代弁をした。

「二人とも手加減はしてある。血止めさえすれば、助かるだろう」

太刀についた血糊《ちのり》を拭《ふ》きながら、衛悟は言った。

「さて、おまえはどうする。手下を見捨てて逃げるか。ならば、追わぬぞ」

竹を睨《にら》みながら、併右衛門がそそのかした。

あまりの痛みに気を失った二人と懐を交互に見ていた竹が、じりじりと後ずさりした。

「見逃しておくんなさい」

太刀の届かないところまで下がったところで、竹が背中を向けて駆けだした。

「おい。仲間を……」

衛悟の声など無視して脱兎《だっと》のごとく逃げ去っていった。

「薄情なものだ。人というのはな。とどのつまり、かわいいのは己だけなのだ」

冷たい声で併右衛門が述べた。

「いかがいたしましょう。このままでは二人とも……」

人は血を失えば死ぬ。衛悟は併右衛門に問うた。

「喜多《きた》」

提灯持《ちょうちんも》ちの中間を、併右衛門が呼んだ。

「へ、へい」

血なまぐさい光景に震えながら、喜多が返事をした。

「黒田の辻番まで行ってくれ。ここで人が斬られているとな。儂《わし》の名前を出してかまわぬ。そのほうがことも早くすむだろう」

併右衛門が命じた。

奥右筆組頭の権限はかなり大きい。九州の雄、福岡黒田五十二万三千石の大大名とはいえ、あえて併右衛門の機嫌を損じるようなまねはしないはずであった。

「通りがかりに見つけただけだと申すのだぞ。よいな」

「わ、わかりましてございまする」

少しでも早く離れたいとばかりに、喜多が走っていった。

「さて、思わぬ足止めをくったな」

帰るぞと併右衛門が衛悟をうながした。

闇へ消えた藤記が立花家の門前に立っていた。

「御免くだされ。奥右筆組頭立花どのがお屋敷でござろうか」

潜《くぐ》りを叩《たた》いて藤記が訪《おと》ないを入れた。

「へい。少しお待ちを」

門番の老人が返事をした。

大名や役人の相続や任免にかかわる書類いっさいをあつかう奥右筆のもとへは、ひそかに頼みごとをしに来る者が絶えなかった。門番は警戒することなく潜りを開けた。

「あいにく主はまだ帰っておりませんが。どうぞ、なかでお待ちを」

「かたじけない。失礼いたす」

ていねいに門番に頭をさげて藤記が立花家へ入った。

「お帰りでございまするか」

人の気配を感じて瑞紀が玄関へと顔を出した。

「いえ。お客さ……」

言いかけた門番が首筋に手刀をくらって崩れ落ちた。

「えっ。なにを」

とまどう瑞紀に藤記が駆けよった。

「なかなかの美形じゃ」

間近で瑞紀を見た藤記が小さく笑った。

「ろ、狼藉者《ろうぜきもの》……」

「ぬん」

叫ぼうとした瑞紀を侍があて落とした。

「ふふふ」

ぐったりした瑞紀を肩に担いで、藤記が潜りを出た。

「帰途の襲撃に馴《な》れ、背後がお留守になったな。奥右筆組頭」

一瞬、併右衛門たちがいるであろう方向に目をやった藤記は、一言嘲《あざけ》って反対側の闇へと溶けた。

「娘をさらったか。体術の形から伊賀者のようだが……」

柊家の屋根瓦《がわら》がうねったように見え、そこから人影が浮いた。現れたのはお庭番村垣源内であった。

「助けよとの命は受けておらぬ。が、報告だけはしておかねばなるまい」

村垣源内は屋根から屋根へと飛びながら、江戸城曲輪《くるわ》内、松平定信の屋敷へと向かった。

入れ替わるように屋敷に着いた併右衛門は、家士の声にも門が開かないことにとまどっていた。

「なにをしておるのじゃ。門番は。瑞紀も聞こえぬのか」

「御免」

衛悟は併右衛門を制して、潜《くぐ》りに近づいた。太刀を鞘《さや》ごと抜くと頭上にかざすようにして潜りを開けた。

門の陰に潜《ひそ》んでいる敵からの一刀を受け止め、ただちに反撃できるようにとの心得である。

かすかにきしみ音をたてて潜りが開いた。

「…………」

気配を探りながら衛悟が潜った。

「立花どの」

倒れている門番を見つけた衛悟は、あたりに敵がいないことを確認して、併右衛門を呼んだ。

「これは……まさか」

門番の介抱を家士に任せた併右衛門が屋敷に駆けこんだ。

「待たれよ。まだ敵の……」

衛悟の危惧も併右衛門には聞こえなかった。

「瑞紀、瑞紀」

溺愛《できあい》する一人娘の名前を呼びながら併右衛門が屋敷のなかを探し回った。

「衛悟。娘が、瑞紀がおらぬ」

併右衛門が玄関に戻ってきて腰を落とした。

「…………」

衛悟も言葉を失った。

「足止めだったのか」

無頼の襲撃の意図にようやく衛悟は気づいた。まんまと衛悟と併右衛門は敵の策にはまったのだ。

「何者であれ。許さぬ」

重い声で併右衛門が告げた。

「かならず、瑞紀どのは救いだして見せまする」

決意を口にしながら、こんな状況でも腹は減るのだなと、衛悟は後悔に唇《くちびる》を嚙《か》みながらも、みょうに落ちついている己に驚いていた。

四

村垣源内から報告を受けた松平定信は、常と変わらなかった。

「伊賀者と見たか」

「はっ」

確認を求められて村垣源内がうなずいた。

「いかがいたしましょうや。伊賀者が江戸で潜むとすれば、場所は特定できまする。多少数が多いので三日ほどはかかりましょうが、探しだすことはさほどむつかしくはございませぬ」

村垣源内が告げた。

「娘を奪いかえすかと訊《き》いておるのだな」

松平定信の問いに、村垣源内が首肯した。

「その必要はない。立花は幕府に敵対する者たちの目を集めるための道具でしかない。ここで我らが動くことは、立花の価値を高めることになる。それは我らにとって堤の穴となりかねぬ」

冷徹な執政者の表情で松平定信が切って捨てた。

「承知いたしました。では娘は放置いたしまする」

「うむ。ただ、伊賀者の後ろにおる者は探っておけ。どうするかは上様のご意見をうかがわねばならぬが、許すわけにはいかぬ」

納得した村垣源内に松平定信はあらたな命《めい》を与えた。

「伊賀者は幕府に同心として仕える者。それが幕府役人の娘を拐《かどわ》かすなど許されざることである。かつて伊賀組は徒党を組んで御上にたてついたことがある。その再来となってはならぬ。伊賀者を含め、すべての旗本同心は上様の意に沿うことが本分」

「…………」

黙って村垣源内は話を聞いた。

「すでに伊賀者の任は形骸と化している。探索方はお庭番があり、御広敷《おひろしき》や小普請《こぶしん》など、忍《しのび》である必要はない。ことと次第によっては伊賀組を解体し、一同を放逐《ほうちく》することも考えておかねばならぬ」

松平定信は幕府に逆らう者を容赦しなかった。

「懸念するな。このことは、上様にお話し申しあげ、ご裁可いただいてからである」

無言の村垣源内の不満を松平定信は理解していた。お庭番はただ将軍の言葉にのみ従うものであると松平定信は承知していた。

「けっこうでございまする」

村垣源内が頭をさげた。

「どう見ておる」

あらためて松平定信が訊いた。

「一橋公ではございますまい」

ゆっくりと村垣源内が述べた。

お庭番と伊賀組隠密の差はここにあった。隠密はただ言われたところに忍び、いろいろなことを探索して報告に戻るだけが任であった。

しかし、お庭番は違った。八代将軍吉宗が全幅の信頼を置いた家臣によって作られたお庭番には、あるていどの判断が許されていた。なにもかも一々報告に戻り、将軍の決裁をあおいでいては時機を逸することになりかねないからである。

「そうであろうな。一橋どのには甲賀《こうが》忍者の望月小弥太がついておる。いまさら伊賀者を遣われる理由がない。また、お庭番の実力をよく知っておられる。なにより、立花の家がお庭番に見張られているとご存じだからな」

冥府防人の襲撃で崩壊しかけた立花家を救ったのは、村垣源内であった。

「田沼にその力はございませぬ」

藩主急死の後始末で疲弊《ひへい》しつくした田沼家に、伊賀者を遣うだけの余裕はなかった。

「津軽と薩摩はどうじゃ」

「よそ者を決して受けいれぬのが薩摩でございまする。なにより伊賀者を遣わずとも、薩摩には捨《す》てかまりという忍がおりまする」

「そうだの。薩摩ほど隠しごとの多いところもない。あえて伊賀者を引き入れる危険はおかさぬか」

「残る津軽は、それほど頭が回りますまい。藩主津軽寧親《やすちか》は暗愚ではないようでございまするが、支えるべき重臣どもが役にたたなすぎまする。それに今は交易の儲《もう》けを計算するに忙しく、他事に気が回る状況ではございますまい」

さすがにお庭番はよく調べていた。

「ふうむ。残るは……」

「確定はできませぬが、太田備中守どのがみょうな動きを」

「老中のか」

村垣源内の出した名前に松平定信は首をかしげた。

「天明四年の田沼山城守刃傷《やましろのかみにんじょう》の一件にかかわっておったことは知れておるが。もともと名門を鼻にかけた俗物ではないか。いや、俗物だけに己の立場を失うが怖いか」

「ご明察かと」

松平定信の言葉に村垣源内がうなずいた。

「そのあたりも調べておいてくれ。上様へのご報告も頼む」

「はい」

風のように村垣源内が消えた。

瑞紀を奪われて悄然《しょうぜん》としている併右衛門を残して行くには不安であったが、衛悟はじっとしていられなかった。

「こころあたりを探して参りまする」

衛悟は立花家を出て東南へと向かった。

「冥府防人」

考えられる手がかりは冥府防人だけである。衛悟はかつて案内された伊丹屋の寮を目指した。

「ここだな」

すでに時刻は暮れ五つ（午後八時ごろ）を過ぎていた。伊丹屋の寮も静かであった。

蜘蛛《くも》の糸より細い手がかりでもと寮の格子戸に手を伸ばした衛悟に、涼やかな声がかけられた。

「殿方が訪れられるには、ちと遅うございませぬか」

なかから格子戸が開かれ、絹が顔を出した。

「……無礼は承知のうえでござる」

一瞬とまどった衛悟は、すぐに気を取りなおした。

「ここへお見えになったということは、わたくしの提案をお受けになられるのでございますね」

提灯《ちょうちん》で衛悟の顔を照らしながら、絹が言った。

かつて衛悟は御前に呼びだされたとき、絹から味方するように誘われていた。

「わたくしと二百石。土産はご持参になられましたか。そう、立花併右衛門の首を」

冷たい声で絹が尋《たず》ねた。

「ふざけたことを口にされるな」

不快だと衛悟は、絹の言葉を否定した。

「では、何用でございましょう。我らに同心されぬお方のご訪問はご遠慮いただきとう存じまする」

能面のように表情を消して、絹が断った。

「瑞紀どの……立花どのが娘御の行方《ゆくえ》をご存じないか」

単刀直入に衛悟は訊いた。

「立花の娘……さらわれましたか。まあ、卑怯《ひきょう》な手だてでございますこと。情けなき輩でございますね」

提灯を揺らして絹が笑った。

「柊さまでございましたね。まことに失望いたしましたわ」

ひとしきり笑ったあと、絹が衛悟を見下した。

「もう少しものごとの見えるお方と思えばこそ、女のこの身を任そうかと思いましたのに。御前さまが、そのような下卑たことをお命じになるとでも。たかが五百石の娘を人質に取らねば、あなたや奥右筆組頭を除けることができぬとお思いか」

きびしい口調で絹が告げた。

「うっ……しかし、ほかに思いあたるところがない」

衛悟は、詰まりながらも食いさがった。瑞紀の命がかかっている。すんなりと引き下がるわけにはいかなかった。

「お帰りを。あなたさまとは二度とお目にかかりたくございませぬ。剣術しか能のない者に用はございませぬ。我らが敵とするにも不十分な」

吐《は》きすてるように告げて、絹が格子戸を閉めた。

「つう」

格子戸にもう一度手を伸ばしかけて、衛悟は止めた。

言われてみればその通りであった。すでに御前は、併右衛門と衛悟が松平定信の手へ落ちたと知っているのだ。いまさら娘を人質に取るだけの理由がなかった。

「…………」

肩を落として衛悟は踵《きびす》を返した。

去っていく衛悟の背中を絹は格子戸の隙間《すきま》から見ていた。

「藤田栄の姿を見せるわけにはいかぬゆえ、玄関先で相手しましたが、なかなかおもしろいことになっているようでございますね」

提灯の灯《ひ》を消しながら絹がつぶやいた。

「娘を人質に取るとは下賤《げせん》の手段ではございますが、効果はございます。命はもとより操《みさお》の心配もいたさねばなりませぬゆえ」

甲賀忍者の娘と生まれた絹は、初潮を迎える前に無理矢理破瓜《はか》され、数えきれぬ男と身体を重ねてきた。年頃の娘として与えられる楽しみもなく、ただ男を自家薬籠中のものとするための技だけを教えこまれて育った。

なんの苦労もなく旗本の姫として生きてきた瑞紀への反発は、絹のなかで黒々と渦巻いていた。

「いちおう御前さまにはお報せいたさねばなりませぬ」

絹は格子戸を開き、灯を入れた提灯を門前にぶら下げた。夜の合図であった。

「なにがあった」

すぐに冥府防人が姿を見せた。普段《ふだん》併右衛門の帰宅を見張っている冥府防人だったが、前夜の伊賀者を探るため、ここ数日衛悟たちのあとをつけていなかった。

「柊が来ていたようだが」

「奥右筆組頭の娘が拐《かど》かされたようでございまする」

「……ほお」

絹の話を聞いた冥府防人の目が細められた。

「伊賀者のしわざであろう。ふん。あいかわらず姑息《こそく》なことをしでかすわ」

吐きすてるように冥府防人が言った。

甲賀と伊賀は山一つ隔てただけの隣国でありながら、仇敵《きゆうてき》の仲であった。

政の中心であった京に近いわりに、山あいで耕作に適した土地が少ないことが忍を生みだした。探索を得手《えて》とするだけの体術を身につけ、ときの権力者たちに雇われるしか生きる術《すべ》がなかったからである。

こうして隣接する地に二つの忍が誕生した。当然、仕事の奪いあいになる。さらに忍としての形態の違いがより甲賀と伊賀の間に溝を作った。

俗に伊賀の一人働き、甲賀の組働きといわれるように、伊賀忍者は単独で、甲賀は数名で任にあたることが多かった。

「己の都合だけで、周りを見ることがない。鹿を逐《お》う猟師は山を見ずではないか」

「徒党を組まねばものにならぬとは。甲賀は技ができていない」

ともに相手をさげすんできた甲賀と伊賀の間を決定づけたのが関ヶ原の合戦であった。天下分け目の戦で家康を裏切った甲賀忍者が、戦後優遇されたのだ。たしかに伊賀忍者は関ヶ原の合戦にそれほど深くはかかわっていなかったが、これはあまりに異常なことであった。

与力となった甲賀忍者と同心にしかなれなかった伊賀忍者の反目は、より深くなっていた。

「わかった。御前にお伝えして参る」

冥府防人はすぐに駆けだした。

得るものもなく戻ってきた衛悟を、消耗《しょうもう》した併右衛門が出迎えた。

「駄目か」

「申しわけございませぬ」

「おぬしのせいではない」

頭をさげる衛悟をなぐさめながら、併右衛門は腰を落とした。

「役目で儂が狙われるのはいたしかたない。それは覚悟のうえじゃ。しかし、なんの科《とが》もない娘に手を出すとは許しがたい」

肩を落としながらも、併右衛門は怒りをあらわにした。

「旦那さま、さきほどのやくざ者を調べられては」

おずおずと中間の喜多が言った。

「立花どの」

聞いた衛悟が勢いこんだ。さきほどの無頼は、あきらかに足止めであった。取り調べれば、なんらかの手がかりを見つけられるかもしれなかった。

「やめよ」

黒田家の辻番所へと走りだそうとした衛悟を併右衛門が制した。

「瑞紀がさらわれたことを表沙汰《おもてざた》にはできぬ」

「なぜでございまするか。御上の手を借りれば、少しでも早く瑞紀どのが見つかりましょう」

意外なことをと衛悟が驚いた。

「瑞紀がさらわれたなどと申し出ては、目付が出てくる。無頼の者どもを斬った一件も明らかになるやも知れぬ」

「あれは無礼討ちでござる。目付衆であろうが怖れることはございませぬ」

「馬鹿を申すな」

言いつのった衛悟に併右衛門が怒鳴りつけた。

「無礼討ちが認められると思うのか。公衆の面前で主人が恥を掻《か》かされたならばまだしも、誰も見ておらぬところで、無頼とはいえ人を斬ったとなれば、証明のしようがあるまい。過去の記録を見ても、幕府ができて以来、無礼討ちが認められたのは、十指に満たぬのだ。それにことはそなただけでおわらぬのだ。部屋住みの起こしたことは当主の責任となる。柊の家を潰すことにもなりかねぬ。少なくとも、賢悟がようやく得た評定所与力の職は奪われる」

世間知らずの衛悟に、併右衛門がいらだった。

「それでは瑞紀どのの身に……そうだ。松平越中守さまにおすがりすれば……」

衛悟は名案だと目を輝かせた。

「愚かにもほどがある。よいか、松平越中守さまが、儂らに手を差し伸べてくださると思うのか。それほど執政という職は甘くはない。政というのは、人を切り捨てることから始まるのだ。足を引っ張るとわかっていることに手出しをするようでは、一日たりとて御用部屋に席を持つことはかなわぬ。松平越中守さまは、たとえ目の前で儂が斬られようとも、眉一つ動かしはされぬ。それが政にたずさわる者の素養なのだ」

「それではなぜ、立花どのは松平越中守さまにしたがわれる。いざというときに守っていただくためではござらぬのか」

さらに衛悟は迫った。

「守ってもらうためではない。守られている振りをするためぞ。儂の後ろには松平越中守さまがいる。そう思わせるだけで手出ししてくる者が減るのだ。手の者とか庇護《ひご》者《しゃ》などとは方便に過ぎぬ。そこを見誤るな。儂とて、同じよ。越中守さま以上の庇護者がでれば、さっさと寝返る心づもりでおる。それがお役を長く続けていくこつぞ」

娘を奪われた腹いせかと思うほど、厳しく併右衛門が衛悟を叱《しか》った。

「では、どうすればよろしいのでござるか」

手段すべてを失った衛悟が問うた。

「待つしかあるまい。この場で娘を殺さなかった。これは見せしめではないということだ。ならば、敵は儂になにかを求めるか、あるいは、我らを誘いだすための贄《にえ》として瑞紀を連れていったと考えるしかない」

「向こうからなにか言ってくると」

「うむ。おそらく数日以内にな。そのときまで待つしかない」

併右衛門が告げた。

「衛悟、それまで英気を養っておけ。存分に腕を振るってもらうことになる。このたびの敵は許すわけにはいかぬ。生かしておいては、つぎにどのような手を打ってくるかわからぬからの」

「承知。それでは御免」

決意の籠もった併右衛門の指示に、衛悟は首肯した。

夕餉をとることもなく、衛悟は実家へと帰った。

衛悟の姿が消えると、いままでの元気を失ったように、併右衛門が首《こうべ》を垂れた。

「瑞紀に、まだ産まれぬ孫に、よい暮らしを残してやろうと考えて、奥右筆組頭までのぼりつめた。その結果で、ただ一人立花の血を引く娘を失ってしまっては本末転倒ではないか」

泣くような声を出したのは、政の闇に深くかかわりながら、その隙間をうまく泳いでいた老練な役人ではなかった。

ただ愛娘の身を案じる老父だけが、そこにいた。

第五章　神の遺物

一

瑞紀が誘拐された翌日、一睡《いっすい》もできなかった併右衛門は、それでもいつもと同じ時刻に奥右筆《おくゆうひつ》部屋へと出勤した。

「おはようござる」

「これは立花氏《うじ》、昨日はかたじけのうござった」

同役の加藤仁左衛門が、終わり際の仕事を併右衛門が受けてくれたことへの礼を述べた。

「いや。またいつ拙者がお願いすることになるやも知れませぬで」

おたがいさまと礼を受け流し、併右衛門は任にとりかかった。

「加藤さま」

御殿坊主が呼んだ。

「なんじゃ」

「お奏者番《そうしゃばん》水野《みずの》河内守《かわちのかみ》さまより、津軽家高なおしのことについてお聞き合わせでございまする」

小声で御殿坊主が訊《き》いた。

御殿坊主は殿中での雑用いっさいを受け持つ。老中の命《めい》を役人に伝達することもあるが、こうやって役目からはずれた使いも請けおった。

「まだ大目付《おおめつけ》どのが内意で止まっておるが、検知をおこなう巡察使《じゅんさつし》の派遣にともなう人選などなにかと手間を必要とするをもって、お認めにならぬとのことじゃ」

奥右筆のもとには、正式な書付《かきつけ》となる前の段階で各所からの内意がもたらされていた。

「ご老中さまのもとには……」

「あがっておらぬ。御坊主どのよ。これは私見であるがな」

最初に断ってから加藤仁左衛門が話した。

「津軽どのは少し早まられたのではないかの。いろいろお考えはあろうが、家格をあげていただくには、それだけの功績がなければならぬ」

「お手伝い普請《ふしん》などを引きうけよと」

御殿坊主が念を押した。

「うむ。失礼ながら津軽どのは、天明《てんめい》の大飢饉《だいききん》で領内を生き地獄にされた。いわば失政を世間に見せてしまったのでござる。それこそ、領内不行届《ふゆきとどき》として減知あるいは転封となってもおかしくはなかった。その記憶もまだ薄れておらぬうちに高なおしはちと性急でござろう」

ていねいに加藤仁左衛門が教えた。

「ご意見うかがわせていただきました。お言葉のとおり水野河内守さまにお伝えいたしましょう」

役目をはたしたと御殿坊主が奥右筆部屋を出ていった。

「津軽どのは、ずいぶんと家格あげにご執心でござるな」

ふたたび書付に目を落としながら、加藤仁左衛門が言った。

「南部どのの上にお立ちになりたいのであろうが、高なおしで家格をあげたところで、取れ高が増えるわけではなし、かえって身分に応じたことをしなければならぬだけ金が出ていきましょう」

併右衛門が首をかしげた。

「借財で首が回らぬゆえ、石高を削《けず》り大名から寄合旗本へ籍を変えてくれと願う北条《ほうじょう》どののようなお方が出てくる時代でござるにな」

北条とは、河内狭山《かわちさやま》で一万石を領する大名のことだ。

先祖はかの戦国の雄北条早雲《そううん》であり、一時は関東一円を支配するほどの勢いを誇っていた。豊臣秀吉に膝《ひざ》を屈することを拒否して滅ぼされたが、息子の一人氏直《うじなお》が家康の娘婿《むすめむこ》であった縁でなんとか大名として復活した。

しかし、一万石では参勤交代の費用や江戸屋敷のかかりに耐えきれず、北条家は早くから借財に苦しんでいた。金主の大坂商人から見放されるほどの借金に耐えかねて、先日、北条家はなりふり構わず、参勤交代のない旗本への降格を願いでたのであった。

「津軽どのが執念はわかりましたが、南部どのはなにも申されておらぬのかの」

加藤仁左衛門が疑問を口にした。

「不思議でござるな」

言われた併右衛門も疑念をいだいた。

宿敵が出世するのを黙ってみているとは思えなかった。

「組頭《くみがしら》さま。そういえば南部侯から内々の伺《うかが》いが出ておりました」

仕置掛《しおきがかり》の奥右筆が一枚の書付を持って来た。

「これは……」

中身を見た併右衛門と加藤仁左衛門が顔を見あわせた。

「津軽が国境を閉じ、旅人の往来を妨げておるだと」

加藤仁左衛門が読みあげた。

「まだ内々の状況よな」

併右衛門が仕置掛に訊いた。

「はい。三日前にあがってまいったばかりでございまする」

「南部どのはことを大きくされたくはないのでござろうか。かっこうの機会だと思案つかまつるが」

書付を机に置いた加藤仁左衛門が、首をかしげた。

国境を閉じるとは、戦《いくさ》の準備に他ならなかった。他国の細作《しのび》や隠密《おんみつ》の侵入を防ぎ、情報を外に漏《も》らさないようにした行為は、逆に周囲の不審を買った。

「津軽に謀反《むほん》のおそれあり」

南部が急いで報《しら》せてきたのも当然であった。仲の悪い津軽を蹴落とすに十分な材料である。

「内々としたのは、万一違ったときのことをおもんぱかってでござろうな」

正式に大目付に訴え出るとなれば、真正面から津軽とことをかまえることになる。好機ではあるが、なまじかかわって巻きこまれては面倒と、南部は逃げ道を作ったのではないかと仕置掛は推測した。

「なかなかできる家老がおるようでございますな」

加藤仁左衛門が感心した。

「どういたしましょう」

仕置掛が尋《たず》ねた。

「大目付どのに回せば、ことが公《おおやけ》になる。高なおしで睨《にら》まれたばかりゆえ、得策とは申せますまい」

組頭二人が目をあわせて首肯《しゅこう》した。

こういうあつかいの難しいものをうまくさばけるかどうかも、奥右筆組頭に求められる素養であった。

「留守居役《るすいやく》へ一言申しましょう」

併右衛門の言葉に加藤仁左衛門が同意した。

留守居役は大名家において、対外折衝のいっさいを受け持つ。許認可の実権を持つ奥右筆とはどの藩の留守居役も親しくしていた。

「お任せいたしまする」

肩の荷を降ろした顔で仕置掛が自席へと戻っていった。

「しかし、津軽も目立つことをしすぎでございますな」

加藤仁左衛門が言った。

「さようでござるな。なにを考えておるのやら」

併右衛門は同意しながら、その裏にあるものを思考していた。

国を閉じる目的を探した併右衛門は、同じように他所《よそ》からの出入りを禁じている国を思いだした。

「薩摩か……」

小声でつぶやいた併右衛門は、その先に気づいた。

「越中守さまから、異国の船が増えている旨《むね》のお話があった。人目を避けるような街道封鎖。見られてはつごうの悪いもの……抜け荷か」

併右衛門は、津軽の目的に気づいた。抜け荷による収入があればこそ、津軽は高なおしを申し出てきた。そして、それを幕府は咎《とが》めようとしていない。その上で高なおしを拒絶したのも、そう考えればつじつまがあった。小役人の派遣で、抜け荷が発覚してはまずいのだ。

「幕府に踏みこませぬだけのものを津軽は持っているのか」

書付の文字など、併右衛門の目には入っていなかった。

娘を誘拐された痛手を隠しながら、併右衛門が御用をつとめていたころ、衛悟はあてどもなく江戸の町を歩いていた。

「無事でいてくれればよいが」

衛悟と瑞紀は物心ついたときからのつきあいである。年頃になってからはあまり親しくすることはなかったが、それでも一日一度は顔をあわせていたのだ。衛悟にとって瑞紀は家族も同然であった。

しかし、確たる目標もなく瑞紀を捜《さが》すに、江戸の町は広すぎた。そして衛悟は正体のしれない敵に幻惑されていた。

「ご次男どのではないかの」

「なにやつ」

不意に背後から声をかけられて、衛悟は過剰な反応をした。大きく前へ跳んで間合いをあけたのだ。

「いったいどうなされたのでござる。愚僧でござるよ」

啞然《あぜん》とした覚蟬《かくぜん》が立っていた。

「覚蟬どのか」

大きく息を吐《は》いて、衛悟は緊張を解いた。

「またなにかござったのか」

近づいてきた覚蟬が問うた。

「いえ、なんでもござらぬ」

瑞紀のことを話すことはできなかった。衛悟は否定した。

「ご次男どのよ。無駄な強がりはおよしなされ」

覚蟬がきびしい顔つきで言った。

「隠せば隠すほど表れるのが、人というものでござる。愚僧を信じてくれとは申しませぬ。御仏《みほとけ》を頼るおつもりでお話しになってくださらぬか。その日どころか、そのとき暮らしの願人坊主《がんにんぼうず》ではござるが、少なくとも貴殿より長く世間におりまする。知恵と言うほどのものはお貸しできぬが、なにかお役にたてるかも知れませぬぞ」

真摯《しんし》な口調で覚蟬がうながした。

打開の手段を見つけられなかった衛悟は、藁《わら》にもすがるつもりになった。

「詳細はご勘弁願いたい。拙者のことではござらぬゆえ」

「わかっておりますぞ。坊主は人の悩みを聞くのが仕事。なれどその中身は、決して漏らすことなく御仏のもとまで持っていきますでな」

覚蟬が請《う》けおった。

「とある旗本の娘が拐《かどわ》かされたのでござる」

「拐かし。お旗本の姫どのを」

聞いた覚蟬が驚愕《きょうがく》の声をあげた。

庶民の娘がいなくなることはままあった。しかし、れっきとした武家の娘の行方が知れなくなることは滅多《めった》になかった。

「好きな男がいて、駆け落ちしたなどという艶《つや》っぽい話ではなさそうでござるな」

茶化そうとした覚蟬がまじめな顔に戻った。

「不意にいなくなったのでござるか」

重ねて問われ、衛悟は瑞紀の名前を出さぬように注意しながら、門番が倒されていたこと、女中はいっさい騒動に気づいていなかったことなどを語った。

「ふうむ」

覚蟬がその場にしゃがみこんだ。指先で地面に文字とも絵ともわからないものを描き始めた。

「こうやって、指先を動かしていれば頭もまわるのでござる」

不思議そうな衛悟に覚蟬が説明した。

「それは昨夜のことでござったの。そしてまだなんの連絡もない。金めあての拐かしではなさそうでござるな」

指を衣の袖《そで》で拭《ぬぐ》って、覚蟬が立ちあがった。

「金めあての拐かしは、できるだけ早いうちにかたをつけたがるものでござる。町奉行所などに報されては、金を受けとるどころか、おのれの首も危ない。拐かしは重罪でござるゆえな。すぐに要求が伝えられるのが通常でござる。それがないとなれば、残るは怨恨《えんこん》」

「恨《うら》まれるような女性《にょしょう》ではございませぬ」

衛悟が憤然とした。

「そうお猛《たけ》りあるな。娘御にはなくとも親御さんにはいかがでござる。いや、人というのは生きているだけで知らず知らずのうちに恨みを買うものなのでござる。たとえば、ご次男どの。貴殿もじゃ」

「わたくしが」

言われた衛悟が目を剝《む》いた。

「人を斬ったでござろう」

覚蟬が指を突きだした。

「うっ。なぜそれを」

衛悟が絶句した。なんども刀を抜いたが、それを覚蟬に見られたことはなかった。

「顔つきでござる。仏は人をうまく作られた。人の顔には過去が出まする。去年の今ごろとくらべてご次男どのの目つきが変わられた。何とも言えぬ哀しい色をされている。人の生死にかかわられなければ、こうはなりませぬ」

つらそうに覚蟬が告げた。

「斬った相手にも親はいたでござろう。我が子を殺された親はそれが因果応報の結果だとしても、納得はできませぬぞ。かならず手を下した者を恨みまする」

「…………」

言い返すことも衛悟はできなかった。

「いや、その。ご次男どのを責めているのではござらぬぞ。貴殿のことじゃ。やむにやまれずでござろう。私利私欲のでなくば、よろしいのじゃ。御仏にも降魔《ごうま》の利剣を持つ不動明王《ふどうみようおう》という姿がござるゆえな」

さらに落ちこんだ衛悟に、覚蟬があわてた。

「そ、それよりも娘御の行方を捜すのが先決でござるな」

覚蟬は必死に話をきりかえた。

「……そうでござる」

衛悟もいつまでも落ちこんでばかりはいられなかった。

「その場で娘御の命を奪わなかったとなれば、今もご無事であろう。人質というのは生きていて初めて価値がありますでな」

「御坊」

「愚僧としたことが。失礼いたした。おそらく、今日、明日には相手から連絡がござろう」

覚蟬もそのていどのことしか言えなかった。

「それから対処を考えればよろしいのか」

「いや、その暇《いとま》はくれますまい。たとえば人質と物品あるいは金と交換するとして、場所を指定してから余裕を与えては、手配りを許すことにもなりかねませぬ」

衛悟の考えを覚蟬は甘いと断じた。

「ううむ」

教えられて衛悟はうなった。

「なにもお手伝いできませぬがな。少しだけ助言を。まず、むやみに江戸の町を歩きまわられても疲れるだけでござる。家でゆっくりやすんで英気を養いなされ。いざというとき寝不足の頭とくたびれた身体《からだ》では、とても立花どのの娘御をとりかえすことはかないませぬぞ」

「しかし、いてもたってもおられませぬ」

衛悟は首を振った。

覚蟬がさらわれたのは瑞紀であろうと指摘したことにも衛悟は気づいていなかった。

「京の守護たる比叡山《ひえいざん》には千日回峰という苦行がござる。十日のあいだなにも喰《く》わず一睡もせずただ一心に念仏を唱えるという荒行《あらぎょう》。それをなしたる者は御仏の姿を目のあたりにするとまでいわれておりますがな、まさに命をかけた修行。なぜこんな無茶をいたすのかおわかりか。御仏に近づく道といえば、それまででござるが、これはなにごとに遭《あ》っても心揺らぐことなく道を誤らぬためになすもの。身体を極限までいじめ、心を鍛《きた》えあげる。心が強ければ、肉体の衰弱を凌駕《りょうが》することができる。逆もまた真なり。身体が丈夫であれば心に余裕が生まれましょう。剣術と相つうじるものがございませぬかの。ご次男どのよ。いざ娘御を目の前にしたとき、心揺らいではなんにもなりますまい。今、貴殿がなさることは、身体を休めることではござらぬかな」

「……はい」

さとされて衛悟は力なく首肯した。

「これ以上、敵の術にはまられるな。娘御をまんまとさらわれたは、相手の策に落ちたからでござる。このうえ、焦燥《しょうそう》して心と体を消耗《しょうもう》しては、拐かしたやつの思う壺《つぼ》でござる。おそらく、いまもそいつはご次男どのを見ておりましょうぞ。しめしめと笑っておるに違いありませぬ。これ、じっとなされ」

あたりを見まわそうとした衛悟を、覚蟬がたしなめた。

「貴殿は真正直すぎますな。世はそれほどきれいごとではまわりませぬ。人を蹴落としていきなされとは申しませぬが、もう少しずるさを覚えなされ」

覚蟬が嘆息した。

「よろしいか。貴殿はいまからいつものようになされ。道場で稽古《けいこ》されるもよし、律儀屋で団子を食うもよし。なにひとつ変わらぬ風で過ごされよ。それが、敵にもっとも痛手を与えることになりまする。人質を取る卑怯《ひきょう》な手に出たということは、正面からぶつかってきては貴殿に勝てぬと白状したも同然。思ったほどの効果が出なければ、敵は焦《あせ》りましょう。そこにつけいる隙《すき》ができまする」

「ご指導かたじけのうござる」

衛悟は深々と覚蟬に頭をさげた。

「それがよろしくない。旗本のご次男どのが、願人坊主風情に頭をさげてどうなさる」

あきれた口調で覚蟬が苦笑した。

「すみませぬ。では、御免」

あたふたと衛悟が立ち去った。

「やれやれ。ああも世間知らずでは、養子の口もまとまりますまい。いや、手駒を失わぬよう、奥右筆組頭が邪魔しておるのやも」

衛悟の背中を見送った覚蟬の顔つきがきびしくなる。茫洋《ぼうよう》とした破戒僧のものから、東叡山《とうえいざん》随一とうたわれた学僧へとかわった。

「どこの誰かは知らぬが、奥右筆にこだわりすぎよ。放っておけば、なにも起こらずにすもうに。毛を吹いて疵《きず》を求めるになりかねぬ」

覚蟬も歩きだした。

衛悟を遠くから見張っていた藤記は、目標を覚蟬に変えた。

「あの坊主め、なにを吹きこんだ」

うってかわった衛悟の雰囲気に、藤記は覚蟬がただ者ではないと見抜いた。

「正体をつきとめておいたほうがよさそうだの」

どこにでもいるお店者《たなもの》姿の藤記は、さりげなく覚蟬のあとをつけ始めた。

托鉢《たくはつ》をする振りで歩いては止まりしていた覚蟬はすぐに藤記の気配に気づいた。

「食いついてきたわ。ふうむ。あれが忍《しのび》というものか。なかなかみごとにばけておるが……」

汚いずた袋のなかにたまった米を量るまねをしながら、覚蟬は藤記のようすをうかがった。

「気配を消しすぎじゃ。お店者は、足音もたてずに歩きはせぬわ」

小さく笑って、覚蟬は足を東叡山寛永寺へと向けた。

「なかまで付いてくるようならば、捕らえてくれよう」

覚蟬はわざと足取りをしっかりとしたものへと変えた。

「気づかれたか。ほう。誘う気のようだな」

藤記もすぐに覚蟬の意図を理解した。

「のってくれよう。巣へ連れていくなら、儲《もう》けものだ」

歩いていく覚蟬の足の裏を見ながら、藤記も続いた。

一度も振り返ることなく覚蟬は寛永寺の境内へ入っていった。

「寛永寺だと……願人坊主が足を踏みいれていい場所ではない」

門前で藤記が足を止めた。

「ここがあの坊主の巣なのか、それとも誘いこんだだけなのか。うん」

藤記が山門の額に目をやった一瞬の間に、覚蟬の姿が消えた。

「引いたほうがよさそうだ」

忍にもっとも求められることは、生きて帰ることだと藤記はわかっていた。

「もう一日ようすを見るつもりであったが、ややこしい連中が絡んでくる前にすませておいたほうがいい。万一寛永寺がのりだしてくれば、老中といえどもひとたまりもない」

藤記はあわてず、ゆっくりと踵《きびす》を返した。

「ほい。逃げていったわ。忍の嗅覚《きゅうかく》は獣なみじゃな」

去っていく藤記に、覚蟬が額を叩《たた》いた。

「覚蟬、どうなっているのだ」

白綸子《しろりんず》を身につけた高貴な身形《みなり》の僧侶が覚蟬の後ろから声をかけた。この人こそ、寛永寺の貫首《かんしゅ》、輪王寺宮公澄法親王《こうちょうほっしんのう》であった。

振り向いた覚蟬が膝《ひざ》をついた。

「忍が出て参りました。ひっつかまえて裏を吐《は》かせてみようといたしたのでございますが」

覚蟬が今日耳にしたことをすべて語った。

「女を人質にするか。下司《げす》な」

苦い顔で輪王寺宮が吐きすてた。

「覚蟬よ、現況はどうじゃ」

輪王寺宮が訊いた。

女犯《にょぼん》と飲酒で破門された風を装っていたが、そのじつ覚蟬は、寛永寺の隠密《おんみつ》であった。

「宮さま。幕府は薩摩《さつま》を取りこむつもりのようでございまする」

「なに、幕府に最後まであらがった薩摩をか」

輪王寺宮が驚いた。

「今に残る大名としてはめずらしい、源氏の直系。尊皇の意思厚き薩摩が幕府の手に落ちれば、困ることになるぞ。幕府に大政奉還をさせるには武力がいる。薩摩が抜ければ、とてもなしえることではない」

「ご心配なさいますな。薩摩を取りこもうとしているのは、将軍の父一橋治済《はるさだ》のみ。松平定信らは、薩摩を譜代、まして親藩などにするつもりはございますまい」

覚蟬が大丈夫だと保証した。

「だが、家斉の正室は薩摩の姫ぞ。二人の間にできた子供が十二代将軍となれば、島津家は外祖父。天皇家における五摂家のような存在になる」

不安を払拭《ふっしょく》できなかった輪王寺宮が危惧《きぐ》を口にした。

「島津の娘が昨年、敦之助《あつのすけ》を生んでおりまするが」

一度覚蟬は言葉をきった。

「元服を迎えることはございますまい。いえ。三歳まで育ちますでしょうか」

冷たい声で覚蟬が断じた。

「大奥におる将軍の子供を殺せるのか」

「宮。我らが手を下すのではございませぬ。幕府の、おそらく松平定信の手。徳川は、決して関ヶ原で敵対した外様の血筋を将軍にさせませぬ」

「血か。願って徳川へ生まれてきたわけではなかろうに。あわれな」

輪王寺宮が手を合わせた。

もの心つくなり僧籍に入れられ、生まれ故郷の京から遠い江戸の地へやられた輪王寺宮は、そこに己の姿を重ねたのかも知れなかった。

二

藤記の隠れ家は、旗本の明き屋敷であった。幕府が管理していたが、実務にあたる役人は、屋敷の数よりもはるかに少なく、十分な監視はできていない。十日ぐらいなら、誰が入りこんでも気づかれる心配はなかった。

「おとなしくしていたようだ」

小さく笑いながら、藤記が縛《しば》られている瑞紀を見た。

「…………」

四肢《しし》を柱にくくりつけられ、目隠しされている瑞紀は身じろぎもしなかった。

「肚《はら》の据《す》わった女だ。暴れるでもなくわめこうともしない」

感心した藤記は瑞紀の猿ぐつわをはずした。

「大声で叫んだら、刺す」

冷たい声で藤記が告げた。

「今、立花の家に投げ文をしてきた。一刻ほどで父親と用心棒が駆けつけてくるだろう」

「なにが望みです」

落ちついた声で瑞紀が問うた。

「望みか。復権よ」

「復権、いったいなんの」

答えた藤記に瑞紀が重ねて訊いた。

「そなたに聞かせる必要はない。一族皆の夢であり、遠いはてだ」

あっさりと藤記が拒否した。

「いかなる目的があれども、女を人質に取らねば達せられぬものなどかなうはずはございませぬ。御上の裁きが一族にくだされましょう。さっさとわたくしを解き放ちなさい。さすればこの度《たび》のことは不問に付すよう父に頼んでさしあげますほどに」

こんこんと瑞紀が説得した。

「なかなか立派なご説だ。拝聴した」

藤記が嘲《あざけ》った。

「世のなか、それほどきれいごとではまわっておらぬことぐらい、わかる歳にはなっておろう」

「悪が栄えたためしはございませぬぞ」

「おもしろいことを言う。ならば問う。徳川は正しいのか。義理とはいえ、我が孫娘の婿《むこ》となった秀吉の遺児を殺し、主筋としてたいせつにすべき織田信長の子孫をたった三万石ほどで飼い殺しにしている」

「戦国のならいでございましょう。なにより、力ある者が天下を統一せねば戦《いくさ》が続き、多くの民が塗炭《とたん》の苦しみを味わうことになった」

「やむをえないと言うか」

酷薄な表情で藤記が瑞紀を睨《にら》んだ。

「百歩譲ってそれを認めよう。戦国に終止符を打つためであったと。では、戦がなくなったあと、徳川は天下を朝廷に還《かえ》すべきであろう。それをせず、十万石ほどの捨《す》扶持《ぶち》しか与えていないのはなぜだ」

「それは……」

瑞紀が詰まった。

「もっと簡単な話にしよう。徳川は異教というだけでキリシタンの信者を殺している。これは正しいのか」

「…………」

返す言葉が瑞紀には思い浮かばなかった。

「ふん。なにも言えまい。この世は勝った者の思うがまま。人も結局は獣と同じ。争って勝った者に従うしかないのだ。ならば、上に立ちたいと思うのは当然。吾《われ》がそう思ってもおかしくはないであろう。ゆえに、そなたには餌《えさ》になってもらう」

「……餌」

誘いのもとにたとえられて、瑞紀が驚いた。

「そう。立花併右衛門とその用心棒柊衛悟の首を釣るためのな」

小さな笑いを藤記が浮かべた。

「父上と衛悟さまの命……」

初めて瑞紀が叫んだ。

「静かにせよと申したであろう。落ちついているようでも、女よなあ。すぐに頭に血がのぼる」

あきれて藤記が、もう一度瑞紀の口に猿ぐつわをはめた。

「立花と柊に生きていられては困るのだ。吾が勝ちあがっていく道の障害になっているのだ。邪魔する者は排除しなければな」

もう一度瑞紀のいましめを藤記が確認した。

「さて、そなたにも手伝ってもらうぞ」

そう言うと藤記は瑞紀の襟《えり》に手をかけてぐいと拡げた。

「ううううう」

されるがままであった瑞紀が必死に抵抗した。

「暴れても無駄だ。動けば動くほど締まっていく。このいましめはそうしてある。胸元だけではちと生やさしいか」

藤記は瑞紀の裾《すそ》に手を突っこんで、白い臑《すね》をあらわにした。

「けっこうだ。こうしておけば、そなたを救いに来た者たちはどう見るであろうかの。ふふふ、すでに操《みさお》を奪われてしまったと思いこむであろう。父親とそなたに想いを寄せておる用心棒は、平静でいられるかの」

「うううううう」

冷静な口調の藤記に、瑞紀は底知れぬ恐怖を覚えた。

暮れ七つ（午後四時ごろ）になるのを待ちかねて、併右衛門は下城した。

「…………」

外桜田門で落ちあった衛悟と併右衛門は黙って帰邸の途についた。

「だ、旦那さま、このようなものが」

麻布《あざぶ》簞笥町《たんすまち》に入ったところで、門番の中間《ちゅうげん》が走ってくるのと出会った。

「なんじゃこれは……投げ文か」

受けとった併右衛門は急いで細かく折りたたまれている紙を開いた。

「立花どの」

声をかけた衛悟の前に、併右衛門が投げ文を突きだした。

「見ろ」

受けとった投げ文を衛悟はあわてて読んだ。

「これは……」

「高輪《たかなわ》、泉岳寺《せんがくじ》裏、もと旗本榊原《さかきばら》の屋敷。そこまで来いということであろう」

啞然《あぜん》とした衛悟に、併右衛門が言った。

「要求がなにも書かれていませぬ。なにを持っていけば瑞紀どのと交換してくれるのか、これではわかりませぬ」

衛悟はとまどった。

「わからぬのか。なにも書いていない。つまり、相手が欲しいのは、儂《わし》の命よ」

「立花どのの命を」

教えられて衛悟が絶句した。

「儂の命が欲しければ、堂々と奪いに参ればよいものを。瑞紀をさらうなど卑怯千万《ひきょうせんばん》な奴め」

ふつふつと併右衛門が怒った。

「お屋敷でお待ち願えませぬか。わたくしがかならず瑞紀どのを取り返してきましょう」

衛悟は一人で行くと告げた。

「それはできぬ」

併右衛門が首を振った。

「儂が行かねば、瑞紀の命はその場で奪われよう。見せしめとしてな。敵がどのような輩《やから》かはわからぬが、奥右筆組頭を相手にするだけのものじゃ。儂だけでことがすむとは思えぬ。おそらく末は松平越中守どのであろう。そこにいたるにはまだまだ除外していかねばならぬ者がたくさんおる。この度《たび》と同じような手段をとることもあろう。そのとき、瑞紀を生かして帰していれば、つぎにさらわれた家の者は、端《はな》から従わぬぞ」

娘の命がかかっているにもかかわらず、併右衛門は冷静に判断していた。

「しかし、危険すぎまする。あきらかに罠《わな》でござる。この空き屋敷に入ったとたん、数名に囲まれるやも知れませぬ。死にに行くようなものでございまする」

一生懸命に衛悟は説得した。

「儂のことを心配してくれる気持ちはかたじけないが……衛悟よ。人はなんのために生きていると思う」

柔らかい口調で併右衛門が問うた。

「名をあげ、家を残すためでござろうか」

毎日毎日養子にいって家名を守るのが、次男の仕事といわれ続けてきた衛悟には、それしか思い浮かばなかった。

「うむ。では、それはなんのためぞ」

「えっ……」

それ以上衛悟は考えていなかった。

「かつて戦国のころ、我らの先祖は争いのなかで功をたて、家を興《おこ》した。そのおかげで今の立花があり、柊がある。そうであろう」

「つまり」

「ああ。人は子孫に美田を残すため生きているのだ。ここで儂が生き残っても瑞紀が死ねば、立花の血は絶える。もちろん、養子をとることで家名は残ろう。しかし、先祖が命と引き替えに得た禄は、他人に譲られることになる。つまり立花の名は形骸となってしまうのだ」

併右衛門が語った。

「なによりの。親は子を育てるためにあるのだ。その親が子を犠牲にして生きのびたところで意味はない」

娘の身を気遣《きづか》う老父がそこにはいた。

「立花どの」

「儂は金と伝手《つて》、さらに口にはできぬこともしてここまで出世した。歳からいったところで、おそらくこれ以上は難しいであろう。このままあと五年、奥右筆組頭をすれば瑞紀に婿を取って隠居してくれようと思っていた。喰うに困らぬだけ貯められるからの。だが、それも瑞紀がいてこその話。たとえここで儂が死んでも、瑞紀が生きていれば立花の家は禄を減らされても残る。血もな」

人の親として、家名を残さねばならぬ旗本としてぎりぎりの選択を併右衛門はしていた。

「衛悟。そなたには十分報いてやることができなかった。すまぬと思う。これが最後の依頼となるであろう。瑞紀を救いだして逃げよ。その足で……」

「いや、松平越中守さまのお屋敷へ逃げこむのでございますか」

「松平越中守どののもとではない。あの御前に呼びだされた品川の寮だ」

意外なことを併右衛門が告げた。

「そんな……」

衛悟は驚愕した。

「前も申したであろう。執政は冷酷なものだと。儂が奥右筆だからこそ、松平越中守どのは庇護《ひご》する振りをしてくれているだけぞ。儂が死んだのちは、知らぬ顔をされる。それに比して御前には、立花の家の利用価値がある。松平越中守どのを牽制《けんせい》するだけだがな。まちがいなく、あの御仁《ごじん》なら手助けしてくれよう」

「……なんということ」

政《まつりごと》の裏を衛悟はまざまざと見せられた気がした。

「では、行くぞ」

併右衛門が歩きだした。

諸大名の下屋敷が建ちならぶ高輪は、日が暮れると武士ではなく無頼の支配下に入った。幕府の手がおよばないのをいいことに、どの下屋敷でも博打《ばくち》がおこなわれている。ひどいところでは、下屋敷の片隅で売春宿を開いているところまであった。

静かであるべき武家町は、酔漢の放吟《ほうぎん》、博打に負けた男の罵声《ばせい》で満ちていた。

「ひどいありさまじゃの」

高輪の現状に併右衛門が眉《まゆ》をひそめた。

「まさに」

衛悟も同意した。

深川もいかがわしい場所であったが、いちおう町奉行所の管轄《かんかつ》にある。ここまであからさまではなかった。

「あれが泉岳寺でござる」

黒々した屋根を衛悟が指さした。

「あの裏か。九州は熊本五十四万石細川家の下屋敷があるあたりじゃな」

「さようでござる」

赤穂浪士の首魁《しゅかい》であった大石内蔵助《おおいしくらのすけ》らを預かった細川家は、そのていねいな対応で名をあげていた。

「あれではござらぬか」

細川家の下屋敷を少し過ぎたところに、大門の傾いた屋敷があった。

「のようじゃな。このあたりで明き屋敷らしいのは他に見あたらぬ」

併右衛門が周囲に目をやった。

大名、旗本は表札を出さなかった。用のある者は、あらかじめ切り絵図などで屋敷の場所を調べてから訪ねていくのが慣例であった。衛悟と併右衛門はそれをする余裕さえ失っていた。

「違ったところで、明き屋敷ならば文句をいう奴もおるまい」

覚悟を決めた併右衛門は、警戒することもなく潜《くぐ》りを押した。小さなきしみ音をたてて、潜り門が開いた。

「お待ちを」

潜ろうとした併右衛門を制して、衛悟が脇差《わきざし》の柄に手をかけたまま、前に転がるようにして入った。

太刀を頭上に掲げなかったのは、弓矢での襲撃を考えたからである。ゆっくりしていては、的になるだけであった。

「立花どの」

すばやく体勢をたてなおした衛悟は、併右衛門を招いた。

三

「どうやら、来たようだな。思ったよりも早かったな。助太刀を呼ばなかったか。武士としては立派かも知れぬが、愚かなことだ」

瞑目《めいもく》していた藤記が、潜り門のきしみ音で身体を起こした。

「歓迎してやらねばなるまい」

すでに母屋《おもや》の雨戸は開けられている。玄関脇から庭へまわってくれば、座敷に囚《とら》われている瑞紀が真正面に見えるようになっていた。

「もう少し、色気をだせぬかの、この女は」

藤記が瑞紀の髪を乱した。

「ううううう」

瑞紀が必死に身じろぎした。

「灯を入れるか」

いくつもの行灯《あんどん》が、瑞紀のまわりに置かれていた。藤記の手によって灯《あか》りがつけられ、闇のなかに瑞紀だけが浮かびあがった。

「父と想い人の死に様を見届けてやれ」

背後に回った藤記が、瑞紀の目隠しを取った。忍装束《しのびしょうぞく》に身を包んでいる藤記は目しか出していない。しかし、瞳ほど人を表すところはない。藤記は、瑞紀に少しでも見られることを避けた。

「…………」

瑞紀が急いで周囲に目をやったが、集められた灯りの向こう、生み出された闇に沈んだ藤記の影さえ見つけられなかった。

衛悟は屋敷のなかへはいる愚を避けた。

障子の向こう、襖《ふすま》の陰に潜んでいるかも知れない敵を排除していては、ときがかかりすぎる。それも、戦いに馴《な》れていない併右衛門を守りながらとなれば、実力の半分もだせなかった。それに庭となれば、脇差ではなく太刀が遣えた。一撃必殺を奥義とする涼天覚清流《りょうてんかくしんりゅう》は、重さのある太刀でこそ威力を発揮する。小太刀のように細かく早く動いて的確に敵の急所を狙うのを、衛悟は苦手としていた。

「こちらでよいのか」

明らかに庭へと向かっている衛悟に併右衛門が訊いた。

「庭から、屋敷の縁側へと上がりまする。そのほうが、戦いやすうござる。剣は下にいる者が有利でござれば」

説明しながらも衛悟は足をゆるめなかった。

「おうやあ」

腐った木戸を蹴りとばして、衛悟は庭へ出た。誘いこまれた罠である。ひそやかに行動する意味はなかった。

「立花どの」

衛悟が瑞紀の姿を確認した。

勢いのまま衛悟が縁側へ駆けた。

「待て、衛悟」

勇む衛悟を併右衛門が諫《いさ》めた。

あわてているとはいえ、衛悟は剣術遣いである。座敷の気配は探っている。殺気はなかった。

瑞紀の周囲に人気《ひとけ》がないことに、衛悟は注目すべきであった。

「だいじござらぬ」

縁側へ跳びあがった衛悟は、瑞紀のもとへと奔《はし》った。

「ううっ」

瑞紀がうめいた。身体をよじった瑞紀の裾がより乱れ、衛悟は一瞬目を奪われた。

「今、ほどいてさしあげる」

衛悟は瞗から目をそらしながら、瑞紀の縄に手を伸ばした。わずかに気がそれ、太刀の切っ先が下がった。

音もなく衛悟の背後に藤記が湧《わ》いた。

「…………」

座敷の闇から藤記が無言で衛悟に跳びかかった。

瑞紀のいましめをほどこうと近づいていたことが衛悟を救った。ほんの少し間合いが遠かった。

殺気を感じた瞬間、衛悟は曲げた膝に力を入れてはねた。

「……おう」

跳びながらとっさに衛悟は太刀を背後に振った。

堅い音がして、太刀がぶつかり火花が散った。

「ふっ」

息を吐いて藤記が後ろにさがった。

「なにやつ」

すばやく衛悟は正面を向いた。

「名のる馬鹿はおるまい」

覆面の下で藤記が笑った。

剣術遣いほど真剣に触れると落ち着く者はいなかった。衛悟は瑞紀を発見したときの興奮から脱していた。

「よくぞ、防いだ」

太刀を構えながら藤記が、褒《ほ》めた。

「女を盾《たて》にするような奴に、負けるはずはない」

少し腰を落としながら、衛悟が応えた。

室内での戦いで長い太刀は梁《はり》や欄間《らんま》に引っかかりやすい。少しでも剣を学んだ者なら太刀ではなく脇差を使うのが心得であった。

瑞紀の姿を発見したことで、得物の取り替えを失念していた衛悟は、少しでも太刀の不利をさけるため、体勢を低くした。

腰を曲げた姿勢で、衛悟は少しずつ右へと動いた。

衛悟と併右衛門の間にいる藤記の位置を少しでも変えようとしたのだ。

「おう」

重い気合いを衛悟ははなって、藤記の注意を引いた。

「…………」

藤記は微動だにしなかった。

柱や襖《ふすま》が邪魔をする室内の戦いで間合いは自在にとれなかった。衛悟は藤記との間合いを二間（約三・六メートル）に保った。

二間は太刀にとって一足一刀、一歩踏みこむだけで届く距離である。少しでも藤記がおかしなようすを見せれば、一気呵成《いっきかせい》の一撃を放てる。

衛悟は必至の間合いに藤記をとらえることで、動きを封じた。

「ふん」

鼻で笑いながらも、藤記は衛悟の動きにあわせた。

「忍《しのび》、誰に雇われた」

少しでも藤記の意識をこちらに向けようと、庭先から併右衛門が口を出した。

「憎まれる覚えはあろう。己で探せ。生きて帰れたならな」

相手をしながらも、藤記は衛悟から目を離さなかった。

「おうやあ」

衛悟が誘いの気合いを発した。誘いにのれば一刀両断に、受けなければ、さらなる気迫で押し切る。

「ふん」

鼻先ではあったが、藤記が応じた。

真剣勝負は技も必要だが、それ以上に気迫に影響された。油断や慢心は論外であるが、相手をのんでかからねば勝ちはなかった。

衛悟はつま先で畳《たたみ》の目を数えながら、ゆっくりと間合いを詰めた。

剣は正、忍は奇と称されている。剣術遣いと忍者の戦いは気迫と技のぶつかり合いであった。

「しゃあ」

藤記の右手が小さく動いた。

「……おお」

衛悟は押し出していたつま先を右にずらした。畳に棒手裏剣《ぼうしゅりけん》が突きささった。

七寸（約二一センチメートル）の鉄芯は、当たれば皮膚を裂き、肉を貫き、骨をくだく威力を持っている。まともにぶつかれば太刀の刃が欠ける。衛悟は太刀で手裏剣をさばく愚をおかさなかった。

続いて顔を目がけて飛来した二つも衛悟は上体を動かすことで避けた。太刀で弾《はじ》いた場合、思わぬ方向へ飛び、身動きできない瑞紀を傷つけるかもしれないのだ。

「守りながら戦うのは不便よなあ」

衛悟を見て、藤記が笑った。

「おまえが逃げれば、女が死ぬ」

まるで重さのないもののように、すっと藤記が跳んだ。ほとんどそりのない忍刀《しのびがたな》を右脇に引きつけた形から、一気に薙《な》いだ。

青眼の太刀を衛悟は左脇に立てて、これを受けた。

「くっ」

重い衝撃に衛悟が思わず声を漏らした。

刀以外としても使用することの多い忍刀は太刀よりも刃渡りは短いが、肉厚である。何度も受けては、衛悟の太刀が折れかねなかった。

「……ぬおう」

藤記が刀を退くのにあわせて、衛悟は太刀を送った。

足を前に踏みだし、左から肩を入れこむような形で、太刀を落とした。

「……くう」

風音を発するほど早い太刀を藤記は後ろへはねて避けた。

「逃がさぬ」

つけこむように衛悟が追った。真剣は重い。稽古《けいこ》で使っている袋竹刀《ふくろしない》に比べると切っ先の伸びが一寸（約三センチメートル）は違う。衛悟は身体で覚えた真剣の伸びを利用して、藤記との間合いを一刀ごとに縮めた。

「くっ」

鍛え抜かれた体術でかろうじて衛悟の斬撃をかわし続けてきた藤記は、背中に隣室との境、腐りかけた襖を感じた。

「ちああ」

これ以上下がれぬと悟った藤記が、忍刀で衛悟の一閃《いっせん》を弾きに出た。

「おう」

踏みこみざまの一撃は忍刀とぶつかっても負けなかった。

衛悟と藤記は鍔迫《つばぜ》り合いになった。

間合いなき鍔迫り合いは、力と力のぶつかりあいである。押しあいしている刀の均衡を保てなかったとき、負けたほうの命はなかった。

上背のある衛悟はかさにかかるように、体重を太刀へかけた。刃渡りで五寸（約一五セントメートル）まさる太刀が徐々に食いこんでいった。

「むう」

力をふりしぼって藤記が押しかえした。一瞬、衛悟の動きが止まった。藤記は左手を柄から離すと懐《ふところ》に忍ばせた鎧通《よろいどお》しで衛悟をついた。

己から鍔迫り合いの均衡を崩す乾坤一擲《けんこんいってき》の一撃を、衛悟は藤記が押しかえしたときに見抜いていた。

左足を大きく引いて、身体を開き、鎧通しに空を斬らせた。

「ちっ」

はずれたと知って、藤記が舌打ちした。鍔迫り合いが壊れた。衛悟はそのまま太刀に力を重ねた。

衛悟の力が藤記の技を上まわった。体勢を崩した藤記が受けきれず、衛悟の太刀は肩を斬った。幅広の忍刀でなければ、衛悟の刃は、首筋の急所に食いこんでいた。

「……死ね」

衛悟は初めて憎しみを持って敵を斬ろうとした。じりじりと太刀が食いこんでいった。

「なかなかによい身体をしていたぞ、あの女」

藤記が下卑《げび》た笑いで告げた。

「な、なに」

併右衛門が驚愕の声をあげた。

「ううう」

瑞紀がなにか叫ぼうとしたが猿ぐつわで言葉にならなかった。

「思ったより肉付きがよかった。見るがいい、あの乱れた裾、襟元をな。まさに女の盛りだぞ」

さらに藤記が述べた。

一心不乱だった衛悟の気が波だった。

「なにを」

衛悟も瑞紀の衣服が乱れていることに気づいていたが、考えないようにしていた。

刹那《せつな》、衛悟の目が瑞紀に向かった。

「……しゃあ」

決死の思いで生みだした隙を藤記は逃さなかった。藤記は、腰から落ちることで衛悟の太刀から逃げだした。

腰を畳につけた体勢のまま衛悟の臑を蹴った。

「くうう」

人体の急所を蹴られてよろめいた衛悟目がけて、すばやく跳ね起きた藤記が忍刀を振った。

「……つっ」

右肩を浅くではあったが、衛悟は削られた。

「死ね、立花」

衛悟に追撃することなく、藤記は併右衛門を目指した。

「奥右筆さえ殺せば、用心棒などただの役立たずよ」

縁側から庭へと駆け下りながら、藤記が鎧通しを前に出した。

「……よくも娘を」

頭に血がのぼった併右衛門は逃げなかった。すでに抜いている太刀を振りかぶらずそのまま突きだした。

斬りそんじはあっても、突きそんじはないという。動きが小さいだけにすばやく的確な一撃となった。

「おっ」

併右衛門の思わぬ反撃に、藤記が走っていた勢いを殺し、身体をよじった。

「無駄なことを……ぐはっ」

併右衛門の一刀をかわし、あらためて襲いかかろうとした藤記が苦鳴をあげた。藤記の背中に太刀が刺さっていた。

「逃がさぬと言ったはずだ」

座敷から太刀を投げた衛悟が近づいてきた。

「くはっ。くひゅうう」

左の肺を破られた藤記が息を吸えずにうめいた。

「立花どの、瑞紀どのを。こやつに近づかぬよう遠回りしてくだされ」

衛悟は脇差を油断なく構えながら、併右衛門に告げた。

「あ、ああ」

あわてて太刀を鞘《さや》に収めて、二間（約三・六メートル）以上離れたところを通り、併右衛門が座敷へと向かった。

「起死回生のつもりだったのだろうが、子を思う親の心を読みきれなかったな」

太刀で地に縫われた藤記に衛悟は語った。

「忍は人のこころを持ってはならぬ……でなくば、修行に耐えられぬわ」

苦しい息の下で藤記が漏らした。

「知らずして戦いを挑んだおまえの負けは、最初から決まっていた」

「はたしてそうかな。ふふふ。汚された女を、おまえは受けいれられまい。生まれたひびは……」

意味のある笑いを最後に藤記が死んだ。

「人であることを捨てた者か」

勝つためならなんでも利用する忍の最後に、いいしれぬものを感じながら、衛悟は太刀を引き抜いた。固まりきっていない血がだらだらと傷口から流れだした。

「血の色は同じではないか」

太刀を拭《ぬぐ》いながら、衛悟は怖れを心の底へ沈めた。

「衛悟」

座敷から併右衛門が呼んだ。

ゆっくりと振り返った衛悟の目に、衣服を整えた瑞紀が映った。

「帰るぞ」

併右衛門が命じた。

「はい」

うなずいた瑞紀が歩きかけて、ふらついた。

「瑞紀どの」

駆けよって衛悟は支えた。

「大丈夫でございまする」

気丈に瑞紀が言ったが、丸二日縛られていた身体は思うように動かない。ふたたび瑞紀はよろめいた。

「おのりなされ」

衛悟は背中を向けて屈《かが》んだ。

「……できませぬ」

男が女を、それも武家が背負うなど世間体が悪すぎた。

「すでに夜半。誰も見ておりませぬ。よく昔はおぶって差しあげたではないか」

遠慮するなと衛悟は瑞紀をうながした。

「子供のころとは違いまする」

それでも瑞紀は首を振った。

「強情を張るな。瑞紀。今はこの場を去ることが肝腎《かんじん》じゃ」

併右衛門が振り返らずに述べた。

「……はい」

父親に言われて、瑞紀はそっと衛悟の背中に身を任せた。

「よいと申すまで目を閉じておられよ」

庭先には藤記の死体が転がっていた。衛悟は惨状を瑞紀に見せたくなかった。

「わかりました」

すなおに瑞紀が目を閉じた。

「参るぞ」

二人に告げて、併右衛門が歩きだした。

背中に瑞紀を負ぶった衛悟は、その軽さに驚いていた。

「お怪我は」

瑞紀が衛悟の肩を撫《な》でた。

「だいじござらぬ。少しかすっただけでござる」

すでに傷口の血は止まっていた。

「ありがとうございまする」

衛悟の背中に顔を埋めて、瑞紀が礼を述べた。そこからじわりと熱いものが衛悟の肌に染みてきた。

「わたくしのために、またも命をかけてくださったのでございますね」

声を震わせながら瑞紀が言った。

「…………」

守ると誓った瑞紀を一度は奪われてしまったのだ。衛悟は応えられなかった。

「お疑いでございますか」

不意に瑞紀の声が冷たくなった。

「わたくしが、あのような下賤《げせん》の者に……」

そっと瑞紀が舌を歯に挟んだ。

「なにもされてはおらぬのでござろう」

静かな声で衛悟が言った。

併右衛門をのぞいて、衛悟ほど瑞紀のことを理解している者はいない。小柄な見た目とは正反対な激しい気性を衛悟は身をもって知っていた。

「どうして信じられると」

「もしそうなら、猿ぐつわをほどいたとたんに、舌を嚙《か》みきって自裁《じさい》しておられるはず。瑞紀どのは、それだけ気高い」

苦笑をにじませて衛悟は、語った。藤記が最後に残した策は、功をなさなかった。人としてのかかわりを捨てた忍に、絆《きずな》の太さは見えなかった。

「褒められている気はしませぬ」

瑞紀が衛悟の背中でそっぽを向いた。

「なにはともあれ、無事でよかった」

温かい瑞紀の体温を衛悟は貴重だと思った。

「駕籠《かご》を止めるぞ」

少し前を歩いていた併右衛門が、品川の遊郭へ客を送っていった帰りらしい駕籠を見つけた。


「藤記め、死んだか」

三人が高輪から屋敷へ戻った深更《しんこう》、小普《こぶ》請《しん》伊賀組多々良家に一人の忍《しのび》が帰還した。

多々良藤記の兄、和《わ》記《き》の報告を聞いた父久記がつぶやいた。

「老中の誘いを断ることはできぬゆえ、藤記を行かせたが、ちと経験がたりなかったかの」

息子の死を久記は冷静に分析した。

「よろしかったのでございますか。太田さまが留守居役にはどのように」

和記が問うた。

「放っておけばいい。向こうから訊いてくれれば、ありのままを伝えるだけ。闇の仕事を失敗したからといったところで、なんのとがめだてもできはせぬ」

淡々と久記は命じた。

「伊賀組の浮沈をかけるに、太田備中守では不足よ。老中だ若年寄だと申したところで、しょせんは家臣。我ら伊賀組と同じでしかない。我らが望みを託すは、天下を統《す》べるお方でなくばならぬ」

「どなたに」

誰につくのかと和記が尋ねた。

「将軍にはお庭番、一橋には甲賀のはぐれ者がすでに食いこんでおる。我らのつけいる隙がないわけではないが、あやつらの後塵《こうじん》を拝するのもおもしろくない」

「では、御三家のどなたか」

和記が名前をあげた。

「馬鹿め。御三家など老中と同じく家臣に成り下がっておるではないか」

息子の考えを久記が否定した。

「我ら伊賀組が命運を託すのは、つぎの天下人よ」

「それはどなたでございますか」

聞いた和記が目を剝《む》いた。父久記は徳川の天下が終わると予言したにひとしかった。

「今はわからぬ。島津ら大名かも知れぬ。ひょっとすると異国の者かもな。あるいは朝廷が浮かぶやも。過去を見ればいい。武力で治めた天下は続かぬ。平家、源氏、足利も滅《ほろ》んだであろう」

久記が語った。

「忍は気が長い。いつになるかわからぬものを待って潜むことにも耐えられる。そうであろう、和記」

「……父上」

暗い笑みを浮かべる久記に、和記がおびえた。

「それまで、伊賀組は探る。誰が次の天下人となるかを。江戸ほど便利なところはない。すべてがここに集まっておる」

静かに久記が述べた。

「京へ人をやらずともよろしいので。朝廷ははるか西でございますぞ」

「その必要はない。上野の寛永寺。あそこは江戸における朝廷の出先。こそこそとなにやら動いてござるわ。和記、覚蝉という願人坊主を見張れ」

久記が命じた。

「願人坊主……」

言われた和記がとまどった。人別すら失った願人坊主と関東第一の大伽藍《だいがらん》が結びつかなかった。

「世を忍ぶ仮の姿よ。会えばわかる。藤記が唯一役にたってくれた。覚蝉という願人坊主こそ、寛永寺の探索方《たんさくかた》。死ぬ前に、それだけ報してきおった」

久記は、最後まで息子の死を哀悼《あいとう》しなかった。

四

瑞紀を救いだした併右衛門は、ことを津軽藩がらみだと考え、奥右筆部屋の二階にある書庫へふたたび籠《こ》もっていた。

「津軽藩の記録は家譜ぐらいしかないな。となると、奥右筆ができるまえの記録か」

幕府すべての公式文書にたずさわる奥右筆の歴史は、幕初から存在する表右筆と違い意外と浅かった。

五代将軍綱吉《つなよし》が館林《たてばやし》藩主から江戸城の主になるときに、気に入った者を奥右筆の座に就け、幕府の書類いっさいをとりあつかわせたことに始まる。将軍の信頼を背景に、奥右筆は先任であった表右筆を凌駕《りょうが》していった。

「すべての記録はここにあるはずなのだが……」

目指すものはいくら探しても見あたらなかった。

一刻（約二時間）余り費やした併右衛門は、あきらめて書庫を出た。

「ちと問いあわせに出て参りまする」

併右衛門は加藤仁左衛門にあとを頼むと奥右筆部屋を出た。

奥右筆部屋はその職責上、将軍御座の間、御用部屋に近い。そして幕政顧問の控え室とでもいうべき溜間《たまりのま》ともそう離れてはいなかった。

溜間は別名黒書院松《くろしょいんまつ》の溜《たまり》ともよばれ、幕府における特別な親藩、譜代の座であった。

代々溜間に詰める会津《あいづ》松平、彦根井伊《ひこねいい》、高松《たかまつ》松平の三家を定溜《じょうだまり》といい、老中の上席格とされていた。また、功を得て一代にかぎり溜間詰になった松平定信らは飛溜《とびだまり》と呼ばれ、区別されていた。

これら溜間詰大名たちは、代々決められた日以外にも登城し、ご用命に備えていたが、九代家重《いえしげ》以降、政に関心のない将軍が続き、その職責は有名無実となっていた。

「松平越中守さまはご登城かな」

併右衛門は、溜間近くの廊下に控えている御殿坊主に問うた。

「はい。連日ご登城でございまする」

御殿坊主が応えた。

「ちと御用のことでお伺いしたいことがござる。奥右筆組頭立花併右衛門がお目にかかりたいと申しておる旨《むね》、お伝えいただけぬか」

ていねいな物腰で併右衛門は頼んだ。

実際の権力では若年寄にも匹敵する奥右筆組頭とはいえ、勘定吟味役《かんじょうぎんみやく》の次席、かろうじてお目見えがかなう、低い身分でしかない。幕府ゆかりの大名に江戸城で会うとなれば、辞を低くしなければならなかった。

「ご都合を伺って参りまする」

溜間へと入った御殿坊主がすぐに出てきた。

「すぐにお見えになられまする。その入り側《いりがわ》にてお待ちくださりませ」

御殿坊主が手先で示した。

入り側とは畳敷きの廊下のことである。併右衛門は溜間から少し離れた入り側に腰をおろした。

「待たせたか。立花併右衛門、久しいの」

しばらくして松平定信が入り側に姿をあらわした。

松平定信が老中であったとき、併右衛門は平の奥右筆であり、役目のうえで何度も顔をあわしていた。松平定信が併右衛門と親しげであっても不思議ではなかった。

「お役目のことだそうだが、儂でわかることなのかの。すでに退いた身ぞ」

そばで聞き耳をたてている御殿坊主に届くよう、はっきりとした声で松平定信が言った。

「越中守さまならばご存じではないかと愚考つかまつり、お忙しいとは承知で尋ねに参りました。奥右筆ができます前の文書などはどこにございましょう」

「…………」

訊いた併右衛門に松平定信が、黙った。

「右筆部屋に保管されているのではないのか」

しばしの沈黙は、常とかわらぬ松平定信の声によって破られた。

「三代将軍家光公以来のものは確実に見あたるのでございますが、二代秀忠《ひでただ》公あたりからかなり少なくなり、初代神君家康さまのものとなれば、ほとんど存在しておりませぬ」

「あいにくと、余も知らぬなあ。紅葉山《もみじやま》文庫あたりではないのか」

万一の地震と火災に備えて、吹上《ふきあげ》庭のほぼまんなか、紅葉山に幕府は書庫を建設していた。

「なるほど。書物《しょもつ》奉行どのに問うてみるといたしまする。お手をわずらわせました」

併右衛門はていねいに頭をさげた。

「いや。役目を降りたとはいえ、儂は幕府に仕える者。必要とあればいつでも申せ」

「ありがたきお言葉」

「併右衛門、たまには屋敷に遊びに来い。帰りは送らせるゆえ、一人でな」

鷹揚《おうよう》にうなずいて、松平定信が去っていった。

松平定信は、昼の弁当を使い終わると、吹上の庭へと出た。

吹上の庭はお庭番の管轄《かんかつ》にある。家斉に許された者以外の出入りは認めなかった。

「お出《い》でか」

吹上の庭に入ったところで、松平定信が空中に問うた。

「泉水そばの東屋《あずまや》でお休みでございまする」

すっと松平定信の前に灰色のお仕着せを身につけたお庭番が現れた。

「すまぬが、上様と内密の話をいたすゆえ……」

「承知いたしておりまする。何者も近づけませませぬゆえ」

お庭番が首肯した。

家斉は、泉水の流れをじっと見ていた。

「越中、泉のように人の心も底が見えればよいのになあ」

近づいてきた松平定信に家斉が話しかけた。

「お止《や》めなされませ。人の心がわかれば、あまりの醜さに驚かれるだけでございましょう」

松平定信が首を振った。

「やはりそうかの」

ゆっくりと家斉が振り返った。

「奥右筆か」

「はい」

用件を家斉は把握していた。

「三代将軍家光さま、いえ、二代将軍秀忠さま以前の書付を見たいと申して参りました」

「ふむ。そこに目をつけたか。熟練の役人というのはさといものよな」

松平定信の説明に、家斉が嘆息した。

「隠しとおせ」

家斉がそれだけを命じた。

「他は見せてよろしいか」

「かまわぬ。家康さまの書簡だけ闇にできれば、あとはどうにでもなる」

「わかりましてございまする」

しっかりと松平定信がうなずいた。

「津軽であのことを知っておるのは誰ぞ」

「江戸家老大浦主膳、国家老神保三郎、この二人でございましょう。藩主は分家から入った若輩、おそらくなにも報されてはおりますまい。藩主は飾りがここ最近の流行《はやり》でございますれば」

松平定信が答えた。

「そうか。では、奥右筆のことは任せたぞ」

「はっ」

手短に用件をすませた松平定信は、吹上庭を後にした。

「誰かおるか」

松平定信の背中が見えなくなるのを待って、家斉が呼んだ。

「これに」

すぐにお庭番が膝を突いた。

「聞いておったか」

「はっ」

お庭番が首肯した。

「津軽の家老を……」

「…………」

無言でお庭番が頭を下げた。

外桜田門を出てきた併右衛門は、待っている衛悟に合図するとふたたび城内へと入っていった。

「どうかなされたか」

門を警衛している番士に気兼ねしながら、衛悟は外桜田門をくぐり、併右衛門に追いついた。

「越中守さまに呼ばれたゆえ、そちらに参る。そなたは、屋敷で待っていてくれ」

歩きながら併右衛門が言った。

「お迎えはよろしいのか」

「うむ。帰りは大丈夫だ」

併右衛門は、警固《けいご》がつくと述べた。その言葉で、衛悟は呼びだされた理由を理解した。また手の届かぬところですべてが解決するのだ。明日から。いや今宵《こよい》から津軽藩のことが話題になることはなくなる。

「わかりましてござる」

衛悟は、忸怩《じくじ》たる思いを胸にゆっくりと踵《きびす》を返した。

松平越中守の上屋敷は、江戸城曲輪《くるわ》内にあった。

「参ったか」

訪れを告げると、併右衛門はすぐに書院へととおされた。

「知らずにすませる気はなさそうだの」

併右衛門の顔を見て、松平定信は苦笑した。

「娘を人質に取られましてござる」

静かな怒りを併右衛門はこめた。

「そうか。災難であった。娘は無事か」

知っていながら松平定信は訊いた。

「なんとか、取り返しましてござる」

手助けしてくれなかった恨みを飲んで、併右衛門が答えた。

「それは重畳《ちょうじょう》」

よかったと言いながら、松平定信の顔つきが変わった。

「津軽のことどこまで知った」

「なにも。ただ、抜け荷をおこなっておるにかかわらず、御上がまったく動かれぬということだけでござる」

併右衛門は、あっさりと底をさらした。

「……ふう。なまじ優秀な者は始末におえぬわ」

松平定信が、嘆息した。

「津軽が見逃されているわけを知りたいのだな」

「はい」

言われて併右衛門がうなずいた。

「ふむ。併右衛門、柳川の一件を存じておるか」

「概略だけでございますが。朝鮮との国交を担っていた宗家のお家騒動に端を発したもの」

「さよう。まあ、知っているなら詳細を告げずともよかろうが、まあ聞いておけ。柳川一件とは、宗家家老柳川調興《しげおき》と宗対馬守義成《よしなり》の揉《も》め事じゃ。意に沿わぬ家臣をおさえこもうとした主君、格別の思《おぼ》し召《め》しを免罪符と勘違いした陪臣《ばいしん》、子供の喧嘩《けんか》のようなものであったとしておるのは、うわべじゃ。柳川調興が幕府に領地返納を申し出たのは寛永八年（一六三一）だったが、ことはその前から始められていた。柳川調興はかなり前から幕閣へ宗家が朝鮮へ渡す国書を改竄《かいざん》しておると訴えていた」

松平定信が話し始めた。

「それは柳川調興が幕臣となり、朝鮮方を任されようとの野望では」

「たしかに、そう見えるな。だが時機を逸しておろう。すでに朝鮮との国交はなしていた。いまさら、担当を変える必要はどこにもない」

「宗対馬守どのに瑕疵《かし》があり、それを柳川調興が申し出たとか」

併右衛門がふたたび問うた。

「宗家は傷もつかなんだぞ」

あっさりと松平定信が否定した。

「大広間でおこなわれた裁決の結果をよく見よ。宗家はおかまいなし。柳川調興は対馬の財産は没収され津軽預かりとなったが、幕臣としての禄と江戸の屋敷などはそのまま残った。そして柳川調興には死ぬまで幕府から禄米が支給された」

「見ようによっては誰にも傷が付いておりませぬな」

言われて併右衛門は気づいた。

「そうじゃ。あれは幕府が仕組んだことじゃからの。いや、松平伊豆守信綱《いずのかみのぶつな》の考えたことであった」

「知恵伊豆と呼ばれた、あの」

併右衛門は目を見張った。

「うむ。松平伊豆守のことは、知っておろう。小旗本大河内《おおこうち》家から松平家へ養子に出され、そのまま家光公の小姓にあがった」

「はい」

「寵愛《ちょうあい》を受け五百石から六万石まで累進した伊豆守は、家光公を神のように崇《あが》めた」

「でございましょうな」

同意しながら併右衛門は聞いた。

「家光公のことも存じておろう。父秀忠公に疎《うと》まれ、一時は将軍継嗣《けいし》の座からも追われそうになった。その恨みか、終生家光公は秀忠公の墓参りさえしなかったと言う」

「…………」

併右衛門は返答に困った。君への忠、親への孝を基本としている幕府の芯柱《しんちゅう》たる将軍が親の墓参りさえしないとは、看板に偽りがありすぎた。

「家光公はな、秀忠公をどうにかして凌駕《りょうが》したかった。知っておろう、家光公が将軍宣下《せんげ》を受けられたおりに、諸大名へ宣された言葉を」

「はい」

今度は併右衛門も返事ができた。

「居並ぶ大名どもを前に、家光公は言われた。余は生まれながらにして将軍である。父は、おぬしたちと同格のときもあったが、余は違うとな。強烈な父親の否定ではないか」

「…………」

またもや併右衛門は黙った。

「国内はそれでいい。徳川も三代を重ね、天下も確実に治まっていたからな。問題は唯一我が国とつきあいのある朝鮮であった。朝鮮の国王と日本の将軍家は対等である。なればこそたがいに使いをやりとりして交流できた。同格の朝鮮に秀忠公と違う、そう思わせたいと考えたのじゃ。家光公はな。その相談を受けた松平伊豆守の考えた手が柳川一件じゃ」

松平定信は、苦い顔をした。

「忠臣とは主君の思うままを果たしてみせるのをいうのではない。主君がまちがっているときは命を賭《と》してでもお止めするのが真の忠臣。松平伊豆守は、うわべだけの忠臣であったのだ」

「うわべだけ……」

「うむ。松平伊豆守はな、朝鮮に家光公を認めさせるために、姑息《こそく》な手段を選んだ。併右衛門、そなたが毎日使っておる筆じゃ。松平伊豆守は、朝鮮国王と過去に交わした国書がすべて改竄《かいざん》されていたことにしたのだ」

「改竄とは、無茶な。国と国で交わした親書でございましょうに」

併右衛門が絶句した。

「そのために、宗と柳川が使われたのだ。知ってのとおり、我が国には京に天皇家がある。将軍も天皇家によって任命されるいわば家臣である。その家臣と朝鮮国王が同格というわけにはいくまい」

「はい」

「だが、親書には代々日本国王　源　秀忠《みなもとのひでただ》と書いてあった。これを松平伊豆守は、宗家による改竄とさせたのだ」

「無茶な。一つまちがえば、朝鮮との国交がふたたびとぎれますぞ」

あまりのことに併右衛門は驚愕した。

「それでも松平伊豆守は秀忠公をおとしめ、家光公を持ちあげるために、やってのけた。最初から宗家も柳川家も知っていての狂言だった。そのために諸大名列席が必要だった。もし、本当に改竄があって朝鮮国を騙《だま》していたならば、ひそかにことを処理して口をつぐんでおくべきである。外交とはそういうものであろう。それをわざわざ見せびらかしたのは、大名たちにもう一度秀忠公より家光公が上と刻むためじゃ。しつこい松平伊豆守らしい演出じゃの」

あきれた口調で松平定信が言った。

「こうして秀忠公についていた日本国王という称号は嘘であったと朝鮮に報せた」

「それでは、今後日本と朝鮮は同格でなくなり、国交が途絶えてしまいましょう。そのような愚行がとおりまするか」

「通ったのじゃ。日本国王の称号はこれで使えなくなった。だが、そのかわりに、松平伊豆守は大君という称号を編みだした」

「大君でございますか。それはまた大風呂敷を」

大君とは君主のなかでも図抜けた者をあらわす称号である。

「小手先の技でしかないがの」

「よくぞ、それを朝鮮が認めましたな」

併右衛門は首をかしげた。理由なく攻められ多大の被害を被《こうむ》った朝鮮は、日本へ強硬な手段をとることもできたのである。

「朝鮮の後ろ盾であった明《みん》が衰退していたからじゃ。さらに国内で反乱も多発し、国力がかなり落ちていた」

「なるほど。喧嘩別れなどしてもう一度攻められてはたまらぬと」

「そういうことだろうな。朝鮮としては名目より実利を取ったのだ。事実、このころの朝鮮通信使は、我が国に来るたび、百挺の単位で鉄砲を購入して持ち帰っておる」

「鉄砲を……」

「わかったであろう。柳川一件は幕府、いや、松平伊豆守によって起こされた狂言であった。脅されたかすかされたかは知らぬが、宗家と柳川家はそれにのった」

松平定信が結論を口にした。

「津軽家はどこでそれを」

最後に残った疑問を併右衛門がぶつけた。

「松平伊豆守に決まっておろうが。いわば罪なくして流される柳川調興を預かるのだ。津軽には裏のからくりを話して、柳川調興のあつかいをよくさせたのだ。そのときに一度かぎりのお墨付きを出した。それが、今回の騒動の一端じゃ」

話は終わったと松平定信が冷えた白湯《さゆ》を口にした。

「ところで、併右衛門。隣家の次男に養子の口は用意してやったのか」

「いえ。まだでございまする」

問われて併右衛門が苦笑した。

「そろそろ餌を出してやらぬと、馬も走らぬぞ。名伯楽となるには、それなりのことをせねばな」

「はっ。では、御免《ごめん》を」

平伏して併右衛門は松平定信の前から下がった。

「帰ったか。これで納得せねば、口を封じねばならぬ」

つぶやく松平定信の前に村垣源内がいた。

「……上様の思し召しとあらば、いつでも」

村垣源内が受けた。

「それにしても一橋どのは、なにを考えておられるのやら。津軽にも薩摩にも金以外せびられたようすがないのであろう」

「一橋家の館に出入りした者はすべて確認ずみでございまする」

「血の繋《つな》がった親でありながら、息子の世に水をさすようなことばかりなさる。困ったお方じゃ」

松平定信が嘆息した。

「では、立花を屋敷まで警護いたしますゆえ」

「頼む。あやつは上様に害をなす者どもをあぶり出す餌じゃ。まだ死なせるときではない」

「承知」

苦い表情の松平定信を残して村垣源内が消えた。

「紅葉山文庫に秘蔵されたこの書付。一橋公の目に触れる前に儂が持ちだしたが……」

松平定信が懐から一枚の書付を出した。

「慶長五年（一六〇〇）、朝鮮暦宣祖《せんそ》三十三年の日付が入った家康公の詫び状」

そこには漢文で家康有悔禍との文字が記されていた。

「神君家康公が頭を下げた。朝鮮の侵攻に一兵も出さず、軍費も使わなかったお陰で、家康公は関ヶ原の合戦に勝てたのだ。これは、朝鮮への派兵がなくば、天下分け目の戦に勝てなかったとのこと。朝鮮侵攻にかかわりなかったはずの家康公が詫び状を書いた。これがなにを意味するか。それにたどり着かれては幕府が立ちゆかなくなる」

手にした書付を松平定信が細かく引き裂いた。

「若いのが先にいにやがったので、ひょっとするぜと思っていたら。案の定一人になりやがった」

松平定信の上屋敷から帰る併右衛門を、三島の喜作が待ち伏せていた。

「剣術を使えるのは、あの若侍だけ。このじじいは筆が専門だ」

「へい」

喜作の声にうなずいたのは、源太から命じられて配下となった無頼二人であった。

「何人も殺したことのある、おめえらなら朝飯前だろう」

「もちろんで」

配下がうなずいた。

「うまくいけば、俺は親分のもとへ帰ることができる。帰れば前と同じくいくつかの賭場を任されるだろう。そうなったら、おめえらに金の不自由はさせねえ。そして、いずれ、親分のあとを受けて深川を締めたあかつきには、きっといい思いをさせてやる」

「頼みましたぜ、三島の兄貴」

鼓舞された配下が鼻息を荒くした。

「女も金も酒も好き放題。この世の極楽を味わわせてやる。いいか、あのじじいが、あの辻をこえたら……」

指示しかけた喜作の声がとぎれた。染みるように喜作の首に赤い筋が生まれ、吹きだす血潮で切り離された頭が浮いた。

「あ、兄貴」

「な、なんだ」

驚く二人の配下も続いて崩れ落ちた。

「極楽にはいけまい。おまえたちは」

無頼たちの背後の闇に、村垣源内が一瞬浮かんで消えた。

津軽藩江戸家老大浦主膳は、ようやく手に入れた新しい妾《めかけ》の家へと向かっていた。

「大浦さま」

建物の陰から、声がかかった。

「誰じゃ」

足を止めた大浦主膳の誰何《すいか》に、着流し姿のやくざ者が月の明かりのなかに姿を現した。

「なんだ、源太の手下か」

大浦主膳が気を緩めた。

「親分から、大浦さまへお渡しするようにと」

やくざ者が、懐《きぎ》から切り餅《もち》を一つ出して、近づいた。

「今月の金か。すまぬの」

うれしそうに大浦主膳が手を伸ばした。

「おっと」

やくざ者の手から切り餅から落ちた。

「なにをする」

大浦主膳の眼がやくざから離れた。

「おまえに渡すのは引導。幕府の枠をはみ出る者は許されぬ」

やくざ者に扮《ふん》していたのは、村垣源内であった。

「なにっ」

とまどう大浦主膳の喉《のど》に小刀が突き刺さった。

「心配するな。一人ではない。神保三郎もいまごろ、黄泉《よみ》の旅路に出ただろう。彼岸で後悔するがいい」

小刀を抜くことなく、村垣源内は闇へと消えた。

三島の喜作と大浦主膳が死んで数日、源太は金羅漢の八蔵に呼ばれた。

「津軽さまの一件、手を引いていいぜ」

「よろしんでやすか」

源太が聞き返した。

「ああ。大浦さまが急死なさったからな。依頼が消えたことになる。前金はもらっているが、手下を六人も失ったからな。大損だ」

大きく嘆息して、八蔵がぼやいた。

「五人じゃござんせんか」

指を折って数える八蔵に、源太が異を唱えた。

「最後の一人は、おめえだ。おいっ」

八蔵が声をかけると四人の無頼が、隣室の襖を開けて入ってきた。

「な、なんで……」

両肩を押さえられた源太があばれた。

「おいらが知らないとでも思っていたのか。まったく、甘いな。縄張りで起こったことはどこの女郎が子供を産んだまで、耳に入るんだ。おめえのことなんぞ、その日に聞こえてきたわ。おい、連れていけ。二度と口のきけないようにしてやれ」

憎々しげに八蔵が怒鳴《どな》りつけた。

「へい。いくぞ。あきらめろ」

命じられた無頼が、源太を立ちあがらせた。

「……親分。勘弁しておくんなさい」

泣き声をあげながら源太が引きずられていった。

大川に源太の死体が浮いた翌日、大奥に一人の女中があがった。

「御台所《みだいどころ》さま付きを命じられました。藤田栄と申しまする」

ふっくらと肉付きもよくなった栄が、茂姫へ深く平伏した。

解説

細谷正充

　上田秀人ファンにとって、今年（二〇〇八年）は、嬉《うれ》しい驚きの年となるだろう。なにしろまだ五月だというのに、早くも長篇三冊が上梓《じょうし》されているのだ。その内訳をいえば、一月に『勘定吟味役異聞（六）　暁光の断』、四月に『織江緋之介見参　震撼の太刀』、そして五月に本書『国禁　奥右筆秘帳』となる。

　現在の文庫書下ろし時代小説は、内容の面白さは当然として、定期的に長篇を上梓するだけの量産力も求められている。年間十冊以上の作家などザラで、多い作家になれば月刊ペースを維持しているのだ。そんなとんでもない世界で、作者の刊行ペースは、けして早いとはいえないものであった。しかし無理もない。なぜなら作者は、現在も大阪府で歯科医を開業している兼業作家なのだから。

　上田秀人は、一九五九年、大阪府に生まれる。大阪歯科大学卒。一九九七年「身代わり吉右衛門」で、第二十回小説ＣＬＵＢ新人賞に佳作入選して、作家デビューを果たす。以後、幾つかの短篇を「小説ＣＬＵＢ」に発表するが、同誌の休刊により、しばしの沈黙を余儀なくされた。そして二〇〇一年四月、徳間文庫より書下ろし長篇『竜衛の門』を刊行。スケールの大きなストーリーと、圧倒的な剣戟《けんげき》描写で、時代小説ファンの注目を集めたのである。当初は、この第一長篇から始まる「三田《みた》村元八《むらげんはち》郎《ろう》」シリーズに集中していたが、二〇〇四年から「織江《おりえ》緋《ひ》之《の》介《すけ》見参」シリーズ、翌〇五年から「勘定吟味役《かんじょうぎんみやく》異聞」シリーズを開始。さらに二〇〇七年から「奥右筆秘帳《おくゆうひっぴちょう》」シリーズが加わった。また、同年十月には『月の武将　黒田官兵衛』で、初めて長篇戦国小説に挑戦。創作の幅を広げて見せてくれたのである。

　先にも述べたように、作者は現役の歯科医でもあり、執筆ペースは、けして早くはない。だが、二〇〇六年に四冊、翌〇七年には五冊と、徐々に年間刊行点数は増えていたのだ。そして今年は五ヵ月で三冊。この調子なら年間六冊も夢ではない。事実、漏《も》れ聞いたところでは、作家活動の占める割合がどんどん高まっているとのこと。これからのさらなる飛躍が、楽しみなのである。

いやはや、嬉しさのあまり、少し先走りすぎた。話を本書に戻そう。『国禁　奥右筆秘帳』は、『密封　奥右筆秘帳』に続く、シリーズ第二弾だ。前作の騒動で、心ならずも松平定信《まつだいらさだのぶ》の庇護《ひご》を受け、なんとか生き延びることのできた立花併右衛門《たちばなへいえもん》と柊衛悟《ひいらぎえいご》が、再び大いなる政争と陰謀の渦《うず》に巻き込まれる。

相変わらずの忙しさが続く奥右筆部屋。組頭の立花併右衛門は、あがってきた書付に疑問を覚えた。陸奥《むつ》の津軽《つがる》家が、物成り豊かにつき、高なおしをしてほしいと申請してきたのだ。石高を高くすれば大名の地位は上がるが、その分、なにかと出費が多くなり、わざわざそんなことを頼むとは信じられない。ましてや津軽藩は、天明《てんめい》の飢饉《ききん》のおり、大量の餓死者を出している。あまりにも怪しい高なおしの申請に、併右衛門は密かに定信に連絡する。この時点では併右衛門は知らなかったが、一件の裏には、津軽藩とロシアの密貿易があった。そして津軽藩が強気に出るのは、過去の幕府のある秘密を握っていたからである。新たな政治の闇が、立花併右衛門と、彼の護衛を引き受けた柊衛悟に襲いかかろうとしていた。

さらに、その津軽藩を手玉に取る、一橋治済《ひとつばしはるさだ》の蠢動《しゅんどう》と、彼に使役される冥府防人《めいふさきもり》と絹《きぬ》の兄妹《きょうだい》。十一代将軍家斉《いえなり》の命で動くお庭番。前作からの因縁《いんねん》にケリをつけようとする田村一郎兵衛《たむらいちろうべえ》と、彼に雇われて併右衛門と衛悟の命を狙う伊賀者《いがもの》。願人《がんにん》坊主に身をやつして、朝廷のために働く覚蟬《かくぜん》など、多数の人物と勢力の思惑と陰謀が交錯《こうさく》する。ますます混迷する状況の中、ふたりは必死の闘いを繰り広げるのだった。

　上田作品の特徴を一言で表現するならば〝骨太〟である。時代のうねりと、歴史の闇。この二点に正面から、がっぷりと取り組み、読みごたえのあるストーリーを構築するのだ。

　このシリーズを例に挙げて説明してみよう。第一弾『密封』では、田沼意知《たぬまおきとも》刃傷《にんじょう》事件が、十代将軍家治《いえはる》の世継ぎだった家基《いえもと》暗殺へと繋《つな》がり、幕政の闇を炙《あぶ》り出した。続く本書では、津軽藩の密貿易が、国書偽造まで引き起こしたある有名な歴史上の事件と繋《つな》がり、またしても幕政の闇に突き当たるのである。歴史の事実と、作者の空想力が結びついたとき、権力の底なしの闇がどこまでも広がっていく。だからこそ、その闇を切り裂く、主人公の一閃《いっせん》が痛快なのだ。時代小説の読み巧者も唸《うな》らせる、骨太のストーリー。それが上田作品の魅力となっているのである。

　また、文人の立花併右衛門と、武人の柊衛悟がコンビを組む、「相棒」物になっている点も見逃せない。併右衛門は、奥右筆組頭。徳川幕府にかかわる一切の書類の作成・保管を任とし、身分は低いが強い権力を持っている。それだけに常日頃から、不偏不党《ふへんふとう》を心がけているのだ。冒頭の葵小僧《あおいこぞう》のエピソードからも分かるように、仕事に関してはきわめて有能。いうなれば〝文〟のプロフェッショナルである。

一方、立花家の隣の柊家で暮らす衛悟は、養子の口がなければ、実家で飼い殺しになるしかない厄介叔父《やっかいおじ》だ。涼天覚清流《りようてんかくしんりゆう》という、あまり有名ではない流派の道場に通い、かなりの腕前である。こちらは〝武〟のプロフェッショナルといっていい。

武士の理想は文武両道。これを親子ほども年齢が違い、立場も違う、ふたりに分けたところが、作者の手柄である。そして相次ぐ事件を通じて、併右衛門は〝武〟の力を、衛悟は〝文〟の力を、心の底から認め合うようになるのだ。そこに衛悟と併右衛門の娘の瑞紀《みずき》の恋模様も加わり、しだいに強い絆《きずな》が結ばれていくのである。徳川家に仕える武士ではあるが、人間としての心も失うことなく、ぎりぎりまで自分たちの生き方を貫く。ふたりの闘いは、激しくも、爽《さわ》やかだ。

さらに上田作品とくれば、チャンバラの迫力を忘れるわけにはいかない。衛悟が習っている涼天覚清流は、作者の創作とのことだが、これがいい。剣禅一如《けんぜんいちによ》を旨《むね》としながら、一撃必殺。道場主の大久保典膳《おおくぼてんぜん》や師範代の上田聖《うえだちから》と、衛悟の修行風景は、気持ちのいい読みどころとなっている。

道場の修行が表の成長なら、裏の成長は真剣勝負だ。併右衛門の護衛役として、さまざまな敵と斬り合うことになった衛悟は、剣士から戦人へと変貌していく。そんな衛悟の最大最強の敵が、鬼神流《きじんりゅう》と称する居合いを遣《つか》う冥府防人だ。

妹の絹と共に一橋治済に仕える冥府防人は、元をただせば甲賀《こうが》の忍者である。しかしとある事情で、名を隠し、闇の世界に生きている。この防人、とにかく強いのだ。というよりも、実質、前作『密封』で衛悟は、冥府防人と三度対決して、ついに決着がつかない。とはいえ、衛悟の負けである。特に三度目の対決では、涼天覚清流の奥義「霹靂《へきれき》」を繰り出しながらも防人を倒すことができなかった。まだ完全にマスターしていないとはいえ、衛悟の繰り出す奥義を退けるとは、恐るべき腕前の持ち主といえよう。

どうやら、その冥府防人が、シリーズを通じての剣の敵となるようである。だが、これには驚いた。なぜなら非常に扱いが難しいキャラクターになってしまうからだ。考えてみてほしい。スポーツならいざ知らず、真剣を遣っての対決である。はっきりとした腕の違いがありながら、何度も斬り合うなどということは、本来、ありえないはずである。下手をすれば、斬り合いを重ねるごとに、強かったはずのキャラクターが矮小化《わいしょうか》してしまうことになる。

しかし作者は、この困難を軽々とクリアしている。本書の前半にある、衛悟と防人の対決シーンはどうだ。クライマックスにしてもおかしくないほどの凄い闘いを見せてくれるではないか。特に、空中に飛び上がることで、逆に死地に追い込まれた衛悟が、とっさの判断でからくも防人を下がらせる場面など、読んでいて身震いするほど興奮した。ところが、それでも衛悟は防人を倒すことはできない。そして衛悟を斬ることもできた防人は、

「ここで止《とど》めをさすのは簡単だが、今の工夫に免じてもう少し生かしておいてやろう。同じ技は二度とつうじぬ。次には別のあがきを見せてくれよ」

と、嘯《うそぶ》くのだ。また後の方では、

「百の稽古《けいこ》よりも一の実戦。いわば、拙者《せっしゃ》が鍛《きた》えたようなものだが……伊賀者よ。柊を甘く見ては痛い目にあうぞ」

ともいっている。そんなセリフを見ると、どうやら防人は、衛悟が強くなることを楽しみにしているようだ。このような人物であるからこそ、防人と衛悟の斬り合いを、何度も繰り返すことが可能なのである。なんとも巧みなキャラクター造形といえよう。そして読者の方は、どうせ主人公が勝つなどという安心感を抱くこともなく、常に緊張した気持ちで剣戟シーンに接することになる。ページを繰《く》る手が止まらない、シリーズの面白さの理由は、ここにもあるのだ。

津軽藩の騒動は終わったが、立花併右衛門と柊衛悟は、さらに苦しい闘いを強いられることになりそうだ。彼らのこれからの日々を思えば、心が騒ぐ。行き着く果て

を、見極めたくなる。「奥右筆秘帳」というシリーズ・タイトルに絡めて洒落《しゃれ》るわけではないが、時代小説ファンならば「座右の書」にしたいシリーズなのだ。

本書は文庫書下ろし作品です

|著者|上田秀人　1959年大阪府生まれ。大阪歯科大学卒。'97年小説CLUB新人賞佳作。歴史知識に裏打ちされた骨太の作風で注目を集める。講談社文庫の「奥右筆秘帳」シリーズは、「この時代小説がすごい！」（宝島社刊）で、2009年版、2014年版と二度にわたり文庫シリーズ第一位に輝き、第3回歴史時代作家クラブ賞シリーズ賞も受賞。「百万石の留守居役」は初めて外様の藩を舞台にした新シリーズ。このほか「禁裏付雅帳」（徳間文庫）、「聡四郎巡検譚」（光文社文庫）、「闕所物奉行裏帳合」（中公文庫）、「表御番医師診療禄」（角川文庫）、「町奉行内与力奮闘記」（幻冬舎時代小説文庫）、「日雇い浪人生活録」（ハルキ文庫）などのシリーズがある。歴史小説にも取り組み、『孤闘　立花宗茂』（中公文庫）で第16回中山義秀文学賞を受賞、『竜は動かず　奥羽越列藩同盟顛末』（講談社文庫）も話題に。総部数は1000万部を突破。
上田秀人公式HP「如流水の庵」 http://www.ueda-hideto.jp/

国禁《こつきん》　奥右筆秘帳《おくゆうひつひちょう》

上田秀人《うえだひでと》

2008年5月15日第1刷発行
2021年9月27日第29刷発行

講談社文庫
定価はカバーに
表示してあります

KODANSHA

発行者――鈴木章一
発行所――株式会社　講談社
東京都文京区音羽2-12-21　〒112-8001
電話　出版（03）5395-3510
　　　販売（03）5395-5817
　　　業務（03）5395-3615

デザイン―菊地信義
本文データ制作―講談社デジタル製作
印刷―――豊国印刷株式会社
製本―――株式会社国宝社

Printed in Japan

ISBN978-4-06-276041-6

講談社文庫刊行の辞

二十一世紀の到来を目睫に望みながら、われわれはいま、人類史上かつて例を見ない巨大な転換期をむかえようとしている。

世界も、日本も、激動の予兆に対する期待とおののきを内に蔵して、未知の時代に歩み入ろうとしている。このときにあたり、創業の人野間清治の「ナショナル・エデュケイター」への志を現代に甦らせようと意図して、われわれはここに古今の文芸作品はいうまでもなく、ひろく人文・社会・自然の諸科学から東西の名著を網羅する、新しい綜合文庫の発刊を決意した。

激動の転換期はまた断絶の時代である。われわれは戦後二十五年間の出版文化のありかたへの深い反省をこめて、この断絶の時代にあえて人間的な持続を求めようとする。いたずらに浮薄な商業主義のあだ花を追い求めることなく、長期にわたって良書に生命をあたえようとつとめるところにしか、今後の出版文化の真の繁栄はあり得ないと信じるからである。

同時にわれわれはこの綜合文庫の刊行を通じて、人文・社会・自然の諸科学が、結局人間の学にほかならないことを立証しようと願っている。かつて知識とは、「汝自身を知る」ことにつきていた。現代社会の瑣末な情報の氾濫のなかから、力強い知識の源泉を掘り起し、技術文明のただなかに、生きた人間の姿を復活させること。それこそわれわれの切なる希求である。

われわれは権威に盲従せず、俗流に媚びることなく、渾然一体となって日本の「草の根」をかたちづくる若く新しい世代の人々に、心をこめてこの新しい綜合文庫をおくり届けたい。それは知識の泉であるとともに感受性のふるさとであり、もっとも有機的に組織され、社会に開かれた万人のための大学をめざしている。大方の支援と協力を衷心より切望してやまない。

一九七一年七月

野間省一

上田秀人「奥右筆秘帳」シリーズ

□ 第一巻 密《みっ》封《ぷう》
ISBN978-4-06-275844-4
江戸城の書類決裁に関わる奥右筆は幕政の闇にふれる。十二年前の田沼意知事件に疑念を挟んだ立花併右衛門は帰路、襲撃を受ける。

□ 第二巻 国《こっ》禁《きん》
ISBN978-4-06-276041-6
飢饉に苦しんだはずの津軽藩から異例の石高上げ願いが。密貿易か。だが併右衛門の一人娘瑞紀がさらわれ、隣家の次男柊衛悟が向かう。

□ 第三巻 侵《しん》蝕《しょく》
ISBN978-4-06-276237-3
外様薩摩藩からの大奥女中お抱えの届出に、不審を抱いた併右衛門を示現流の猛者たちが襲う。大奥に巣くった闇を振りはらえるか?

□ 第四巻 継《けい》承《しょう》
ISBN978-4-06-276394-3
神君家康の書付発見。駿府からの急報は、江戸城を震撼させた。真贋鑑定を命じられた併右衛門は、衛悟の護衛も許されぬ箱根路をゆく。

□ 第五巻 簒《さん》奪《だつ》
ISBN978-4-06-276522-0
将軍の父でありながら将軍位を望む一橋治済、復権を狙う松平定信。忍を巻き込んだ暗闘は激化するが、護衛の衛悟に破格の婿入り話が!?

□ 第六巻 秘《ひ》闘《とう》
ISBN978-4-06-276682-1
奥右筆組頭を手駒にしたい定信に反発しつつも、将軍継嗣最大の謎、家基急死事件を追う併右衛門は、定信も知らぬ真相に迫っていた。

上田秀人「奥右筆秘帳」シリーズ

痛快無比！

講談社文庫
書下ろし

□第七巻 隠密《おんみつ》
ISBN978-4-06-276831-3
一族との縁組を断り、ついに定信と敵対した併右衛門は、将軍家斉が毒殺されかかった事件を知る。手負いの衛悟には、刺客が殺到する。

□第八巻 刃傷《にんじょう》
ISBN978-4-06-276989-1
江戸城中で伊賀者の刺客に斬りつけられた併右衛門は、受けた脇差の鞘が割れ、老中部屋の圧力で、切腹、お家断絶の危機に立たされる。

□第九巻 召抱《めしかかえ》
ISBN978-4-06-277127-6
瑞紀との念願の婚約が決まったのもつかの間、衛悟に新規旗本召し抱えの話がもたらされる。定信の策略で二人は引き離されるのか!?

□第十巻 墨痕《ぼっこん》
ISBN978-4-06-277296-9
衛悟が将軍を護ったことで立花、柊両家の加増が決まる。だが定信は将軍謀殺を狙う勢力と手を結ぶ。大奥での法要で何かが起きる!?

□第十一巻 天下《てんか》
ISBN978-4-06-277437-6
将軍襲撃の衝撃冷めやらぬ大奥で、新たな策謀が。親藩入りを狙う薩摩からの刺客を察知した併右衛門の打つ手とは？ 女忍らの激闘！

□第十二巻 決戦《けっせん》
ISBN978-4-06-277581-6
ついに治済・家斉の将軍位をめぐる父子激突。そしてお庭番を蹴散らした最強の敵冥府防人に、衛悟は生死を懸けた最後の闘いを挑む！

〈完結〉